結界師の一輪華

クレハ

角川文庫
22963

目次

プロローグ

日本にはごく一部の者だけが知ることを許された国家機密があった。

この島国は遥か遠い昔より五つの柱石によって支えられているということ。

もし、五つの内一つでも失われたら、日本は災厄に見舞われてしまうだろう。

そんな命綱とも言える柱石は、それぞれ五つの家によって護られていた。

一ノ宮、二条院、三光楼、四ツ門、五葉木、その五つの術者の家系である。

この五つの家は不思議な力により、その柱石に結界を張り、遥か昔よりこの国を外敵から護ってきた。

外敵には様々なものがいる。

まずは人間。しかし人間ならば普通の人間にも対処は可能だ。

けれど、柱石を狙ってくる者には人間ではない、人ならざる者達も含まれていた。

それらの者達を、術者は妖魔(ようま)と呼んでいる。

妖魔は柱石の持つ、国すら支える大きな力を得んとし、常に柱石を狙っているのだ。

そんな者達から護るために柱石に結界を張り、人ならざる悪意ある者を封じ、または滅ぼすのが、五家とその分家に課せられた使命である。

これはほんのひと握りの者しか知らない世のお話。

そして、これはそんな術者の家系に生まれてしまったとある少女のお話。

一章

柱石を護る一ノ宮の分家の一つである一瀬家。その一瀬家の者もまた機密を知ることを許された一握りの者達だ。

そこでは縁者を呼んでそれは盛大なパーティーが行われていた。

その日は双子である華と葉月の十五歳の誕生日。

それが華の転機となった日だった。

華も葉月の隣に座ってはいたが、両親や招待客が華ではなく双子の姉の葉月の誕生日を祝いに来ていることはちゃんと理解している。

ちょっとあからさますぎやしないかと思ったが、華も今日で十五歳、幼い頃からこの扱いの差は慣れっこだ。

家族への見切りをつけたあの日から、華の心はこれ以上ないほどに穏やかだ。

それでも両親からは葉月との力の差について、ちょくちょく嫌みのような言葉の攻撃を受けるが、殊勝な顔をしつつ内心ではあっかんべーと舌を出してやりすごしていた。

この数年でかなり性格が悪くなったことを自覚している。

葉月ともほぼ会話のない状態が続いていた。

今日とて顔を合わせるのは数日ぶり。

ましてやこんなに近くに座ることすらいつ以来だろうか。

少し寂しく思う気持ちと、もう昔とは違うというひどく冷淡な気持ちが混在していた。

葉月に目を向けると、相変わらずの人気者で、太陽のような明るい笑顔を皆に振りまいていたが、その一方で葉月の残りカスの評価を受ける華は、よくやるなぁと冷めた目で感心しつつジュースを飲んでいた。

周囲の期待を受ける葉月の評価は華とは正反対で、明るく優秀で人当たりのいい完璧な人。

そんな葉月に昔は憧れていたが、最近になって分かってきた。

あれは見せかけだけのものだと。

双子だからこそ気付いたのかもしれない。

あの葉月の表情は嘘に溢れていると。

人に好かれる笑顔。どうすれば人によく見られ、どんな言葉をかければ優秀ないい子と評されるか、葉月は計算して演じている。

昔はもっと自然な笑顔だったはずなのに……。

変わってしまったのは華だけではなく葉月もということなのかもしれない。

さっさとこの葉月のご機嫌伺いのための誕生日パーティーが終わらないかなと思っていた華に、それは唐突に起こった。

華は自分を透明人間のように扱う周囲を気にすることなく、皿の上のケーキでなんの感動もない誕生日を実感していた。

特別なにかをしたわけではない。本当にただケーキを食べていただけなのだ。ケーキの前にから揚げを食べ過ぎた気はするが、体調も良好で普段から丈夫だけが取り柄である。

それなのに急に体が熱を帯びたようにカッと熱くなる。前触れもない突然のことに華の手が止まった。

内にあった熱が外に放出されていくような感覚の後、まるで卵の殻が剝けるように、パリパリと華の中のなにかが剝がれ落ちていくのを感じた……。

＊＊＊

柱石を護る五つの術者の家の一つ、一ノ宮。

その一ノ宮の分家の一瀬家は昔こそ分家内での発言力も強く、一ノ宮の当主からも一目置かれた存在だったが、強い術者が生まれなくなって久しい。

それに従い分家内での発言力も地位も下がっていった。

そんな一瀬家には女児の双子がいた。

その妹である華は、常に優秀な姉の葉月と比べられる毎日だった。

双子であり、容姿はよく似た二人だが、術者としての能力は天と地ほどの差があるぐらい葉月が突出していたので、華が比べられるのはどうしようもないことであった。

葉月は本家である一ノ宮の術者に匹敵するほどの能力を早くから開花させており、両親や周囲の期待は自然と高まる。

特に父親は今の一瀬家の立ち位置に不満を持っており、いつか返り咲いて見せると強い野心を抱いていた。

それにより葉月へ異常なまでに大きな期待を寄せていったのだ。

そして、葉月とは違い、いつまでも術者としての能力が低い自分を見ては両親が溜息を吐くことに、華は小さな頃から胸を痛めていた。

双子なのだから、自分も葉月のようになれると信じて華は必死で勉強した。術者としての修行だってした。

けれど現実は残酷で、華の力が強まることはなく、いつも葉月の添え物、姉の残りカスと言われ続けた。

葉月はその容貌からしても幼いながらに目鼻立ちの整った大人っぽい美しさを持っており、その笑顔は花がぱっと開くようなその場を明るくさせる魅力があった。

能力も高く、性格も明るく人怖じしない社交的な葉月が周りから好まれるのは自然の流れであり、常に彼女は人の輪の中心にいた。

双子なのだから容姿は似ており、華も美しいことは間違いないのだが、葉月と比べられると見劣りしてしまう地味で幼げな顔立ち。

葉月のふんわりと色素の薄い髪と、華の真っ黒な直毛が与える印象でも違うだろう。

性格もあまり社交的な方ではなく、目立つのが好きではない。

だから人々に囲まれている葉月を遠くから見ては、華は眩しくて近寄りがたく感じていた。

周囲から比べられることが多い故に、華自身も葉月と自分を比べてしまい、一人勝手に落ち込んでしまう。

だが姉妹仲は決して悪くはなかったと思っている。小学校低学年ぐらいの年の頃は……。

葉月へ一心に期待を寄せる両親はおのずと華への関心が低かったが、葉月は落ち込む華をよく慰めてくれていた。

そんな優しい片割れは華にとっても自慢の姉だったのだ。

まだこの頃は二人もよく話をしていた。

学校のことや友人のこと、そしてお互いの不平不満なんかを。

葉月は、周囲からの期待が嬉しいと同時に大変だとよくもらしていた。

それは期待されない華からしたらなんと贅沢な悩みだろうか。

普通ならこんなにも優遇される葉月になにかしらの負の感情が芽生えそうなものだったが、不思議と姉への妬みは湧いてこなかった。

だからこそ、双子は仲よくやれていたのかもしれない。

だが、決定的な差が生まれてしまう。

それは十歳の時、初めて式神を作り出す日のこと。

式神を作り出すことは術者となるための最初の試験と言ってもいい。それができた者が、術者の見習いとして一族に迎え入れられるのだ。

それ故に術者の家にとって十歳のこの日は特別な日として、大々的に親族を呼んで祝うのだ。

家の広い庭には地面に五芒星が描かれ、その周囲に蠟燭が灯されている。

その前で緊張した面持ちでいる華と葉月。そしてそんな二人をたくさんの大人達が眺めている。

式神とは、術者の力を注ぎ込み生み出す、術者の手足となる存在で自分の分身とも言える。

術者の能力の高さにより生み出される式神の姿や力の強さも変わってくる。

強い式神は人の言葉を話し意思疎通を図ることができる。

華は、味方と言える存在の少ないこの家で、自分の、自分だけの裏切らない友人を得られることをことのほか喜んでいた。

そして、そんな華が作り出した式神は、蝶。

虹色の羽を持ったとても美しい蝶だったが、虫は最下位の弱い式神と言われていた。

華は初めての式神に喜んだものの、最も位の低い弱い式神しか作れなかった華を見て、最後に残っていた一欠片の期待すら失っていく両親の表情が強烈に印象に残った。

華は今度も両親の期待には応えられなかったのだ。

落ち込む華の横では、葉月が式神を作り出していた。

それは式神の中では最高位とされる人型の式神。

周囲はにわかに沸き立った。

華や葉月と同じ十歳ぐらいの男の子の姿をした式神であったが、人型の式神を生み出すなどということは、本家の術者でも難しいことなのだ。

二人には兄の柳(やなぎ)がいる。彼も将来有望と言われているが、その柳ですら人型の式神を作り出すことは叶(かな)わなかった。

だから両親や兄が葉月のことを褒め称(たた)えることはなんらおかしなことではない。

けれど……。

忘れ去られたようにぽつんと取り残された華は寂しげで、そんな華にひらひらと虹色の蝶が寄り添う。

「慰めてくれてるの？」

葉月の作ったものとは違い言葉も話せない華の式神。

会話なんてものはできないけれど、この蝶は華を心配してくれているとなんとなく感じた。

「ありがとう。あなたは私の側にいてくれるのね」

そうだと返事をするように、蝶は華の肩に止まった。

両親にすら見限られてしまった自分なんかの側にいてくれる。

それが泣きそうなほど嬉しかった。

「あなたの名前を決めなきゃね。なにがいいかな？」

ふと思い浮かんだ名があった。

「あずは、なんてどう？　綺麗なあなたにぴったり」

虹色の蝶は嬉しそうに、ひらひらと舞うように華の周りを飛び回った。

自分の、自分だけの味方。

言葉は発せられないけれど、この瞬間、華にとってあずははかけがえのない存在となった。

しかし、あずはという存在を手に入れたと同時に、華は仲がよかったはずの葉月とすら距離ができてしまうことになる。

葉月に術者としての才能を期待した両親は、すべての関心を葉月へと向けていくのだった。

葉月にのみ優秀な家庭教師をつけて、術者としての才能をさらに伸ばそうとした。

華が自分も勉強したいと申し出ようものなら「葉月の邪魔をするな！」と叱責されてしまう始末。

仕方なく、華は自分で本を開いて自己流の勉強をするしかなかった。

さらには、様々な習い事をさせてもらえる葉月と、なにも用意されない華との格差は広がっていく。

国を支える一ノ宮の分家たる華の家も裕福であったために、両親が葉月に構ってばかりで華をほったらかしにしていても、家には華の世話をしてくれる使用人がいたのは幸いだった。

そうでなければ、華は存在すら忘れ去られ、食事にすらありつけなかったかもしれない。

そんな心配をするほどに、葉月との扱いの差は顕著だったのだ。

それだけ両親が葉月に期待しているということなのだが、放っておかれる方としてはたまったものではない。

兄の柳は、妹の華から見てもなにを考えているか分からない、無口であまり表情の出ない人だった。

そんな兄でもさすがに葉月が人型の式神を作り出した時には、珍しく笑顔で葉月を褒めていた。

あずはを作り出した華のことは一瞥すらしなかったというのに。

そんな兄だから、表情には出なくとも、両親と同じような目で自分を見ているのだろうなと華は思っていた。

そのせいか自然と兄へ苦手意識を抱いてしまい避けるようになると、同じ屋根の下で暮らしているにもかかわらず、何年も会話をしないことになってしまった。

けれど、それは双子の片割れのはずの葉月とも似たようなもので、家庭教師に習い事もしてと、日々忙しくしている葉月とは会話もなくなっていったのだ。

これまでは二人の時間が必ずあったのに、そんな時間すら取れないことを華は寂しく感じていた。

だから思い切って葉月に話しかけたことだってある。

けれど、子供とは思えないほどにスケジュールを管理されている葉月には、華と話している時間はないと言わんばかりに母親に制された。

「華、葉月はあなたとは違うの。葉月はこの一瀬家の希望なの。あなたの無駄話で、葉月の大事な時間を一秒たりとも無駄にすることは許しませんよ」

「……はい。お母さん」

それならと葉月から話しかけてくれることを願ったが、一家が集まる夕食時だとしても葉月は両親とだけ話しており、華に話しかけてくれることはなかった。

そして、中学に入学する頃に勉強が忙しいからと葉月が夕食を自室で取るようになってしまうと、母親は葉月に付き添い、父親も忙しいからと姿を見せなくなり、十歳上の兄は本格的な術者としての仕事に出るようになって家に帰らなくなった。

残ったのは華一人だけ。

広い食卓でたった一人食べる食事はまるで砂を噛んでいるような気分で、美味しさを感じない。

せめて孤独を感じなくてすむように華も食事は自室に運んでもらうようになった。

なぜこうなったのか華には分からない。

少し前まで多少の扱いの差に悩みはしたものの、まだ家族と言えていた。

けれど、今の家族は家族と言えるのか。

否定したいのに否定できないほど、今の家族はバラバラだった。

「私が悪いのかな？」

力のない自分が。

葉月のように優秀ではない自分が。

けれど、それがどうしたというのだろうか。

そんなものに振り回される両親が、葉月が、なにより自分が滑稽でならなかった。

華はその日のことを思い出す。

家庭教師もつけてもらえないため、独学で必死に勉強した華にこの日試験の結果が返ってきた。

我ながらうまくいったのではないかと自信のあった試験は、華の予想通り平均点を大きく上回る九十点という数字を出した。

その答案用紙を持って父親の下へ喜び勇んでいけば、返ってきたのは冷たい眼差し。

「なぜ満点が取れないんだ。だからお前は駄目だと言うんだ。葉月は当然のように満点を取ってきたんだぞ。それなのにこの程度で喜んで。もっと葉月を見習ったらどうなんだ。お前はただでさえ術者の力が弱いのだから」

喜んでくれると思った華は予想外の叱責に涙が出そうになるのをぐっとこらえた。

「せめて座学ぐらい葉月を追い越してみせなさい」

「……ごめんなさい」

浮かれた気持ちは見る影もなく、落ち込んで自室に帰ることになった。

慰めるようにあずはが華の目の前をひらひら舞う。

そこへ、使用人の一人である、紗江（さえ）という年配の女性がやって来た。

一瀬家の使用人は、親から放置されている華に同情しており、なにかと世話を焼いてくれる。

その筆頭たるのが、この紗江だ。

母よりも年配で白髪交じりの女性は、いつも優しく華に笑いかけてくれて、華の大好きな人だ。

そんな紗江がお盆にケーキを載せて持ってきた。

テーブルに静かに置かれたケーキにはおめでとうとチョコで書かれたプレートが載っている。

「紗江さん、これどうしたの?」

「華様がよい成績を取られたそのご褒美ですよ」

親ですら褒めないそれを他人が褒めてくれる。

「華様は頑張っておられますよ」

「でも、お父さんは駄目な子だって……」

自分で言っていて傷付く。

本当のことだと自分でも分かっている。

どうしたら父と母は自分を見てくれるのだろうか。

考えても分からない。なにせ、術者の能力は天性のものだ。努力してどうにかなるものではない。

落ち込む華に対して、紗江はそんな沈む心ごと切って捨てた。

「子の頑張りが分からぬ親など捨て置きなさいませ」

それはとても厳しい言葉だった。

使用人が当主夫婦に対して口にする言葉としては過ぎたものだった。

思わず華も呆気にとられる。

「親に媚びる必要はないのですよ、華様」

紗江はそっと華の手を握る。その手は温かく、そしてその顔はとても慈愛に満ちた微笑みを浮かべていた。

　母にすら向けられたことのないその表情に、華は動揺する。

「ちゃんと見ている者は見ています。もちろん私も。ですから、華様は華様らしく生きてください」

　そう言って紗江は部屋を出ていった。

　残されたのはテーブルの上にあるケーキだけ。

　一人残された部屋で、先程の紗江の言葉がじわじわと華の心に染みこんでいく。

　葉月だけでなく自分も見てほしかった。そのための努力は惜しまなかった。

　自分もいるのだと認めてもらいたかった。

　だが、そうか、自分は媚びていたのか。

「くっ、ふふふっ」

　なぜか笑いが込み上げてきた。

　端から見たら変人だ。けれど笑いが止まらなかった。

「あははは……はぁあ……」

　笑い疲れると、大きな溜息(ためいき)と共に華は畳の上に大の字になって寝転がった。

「媚びる必要はない、か……」

　確かにそうなのかもしれない。

なにをしても葉月と比べ、華の頑張りにもたった一言すら褒める言葉をもたない両親。
最近では食事を共にしなくなったことで、顔を合わせることすらない日だってある。
もはや血が繋(つな)がっただけの他人となりつつあった。
そんな人達の顔色をいつまで窺(うかが)わなくてはならないのだろうか。
これから先もずっと？
そう考えた時、そんなのは嫌だと強く思った。
だって悲しいではないか。
見てくれないと分かっているのにすがりつき、いつか見てくれることを願い続ける。
振り向いてくれないことを薄々分かっていながら……。
それのなんと惨めなことだろうか。
華はそんな自分は嫌だった。
もっと自由でいたい。誰にもはばかることなく自分の好きなように生きたい。
誰かの言葉や態度に一喜一憂するなんて馬鹿みたいだ。
ちゃんと頑張った自分を褒めてあげたい。
他の誰が認めてくれなくとも。自分だけは……。
そう思ったら、すとんと心が楽になった。

それまであった苦しみとか悲しみとかいった華を苦しめる感情が、別のなにかに吸収され一つの固く強いものになったような気がした。

残ったのは、諦めと許し。

この時から華は両親からの言葉や周囲の評価が気にならなくなった上に、自分から求めようとは思わなくなった。

自分はじゅうぶんに幸せであることに気が付いたのだ。

だって、自分にはあずはがいる。なににおいても味方でいてくれる相棒が。

そして紗江のように華をちゃんと見ていてくれる者だっている。

今この手の中にはこれだけのものがあるではないか。

なにを嘆く必要があるというのだろう。

たくさんのものを諦めたことで、華はずいぶんと生きやすくなった。

まるで生まれ変わったかのような爽快感。

そうすると、客観的に家族のことを見られるようになった。

生まれた時から一緒の片割れ。

同じようでありながら同じではない双子の姉。

華より遥かに強い術者としての能力。

出来損ないと言われ続けた華の自慢であり憧れの存在。

だが、果たして本当にそうなのかと、見ていて思った。

華には両親の期待がまるで葉月をがんじがらめにしているように見えたのだ。

朝起きて、学校へ行き、帰ってからも休む暇がないほど管理されたスケジュール。

それだけ両親は葉月に一瀬家の未来を託しているということなのだが、華から見たらそれはとても窮屈に思えた。

葉月は満足しているのだろうか。

悶々とする中、久しぶりに葉月と話せる機会が訪れた。

「葉月、今日は習い事ないの？」

「先生が急病らしいわ」

そんな他愛ない会話すら最後にしたのは遠い昔のことだったような懐かしさがあった。

葉月と話せて華は素直に嬉しかったのだが、葉月の方はどことなくよそよそしく雰囲気が変わったような気がする。

そして、なんとなく疲れているようにも見えた。

だから華は思わずその問いかけを口から出してしまった。

「葉月はしんどくないの？」

「どうしたの、急に」

「あんな過密スケジュールを毎日課されて葉月はつらくないの？　遊ぶ暇だってないし。お父さんとお母さんにはもう少し休みをもらえるように言ってもいいんじゃない？　言いづらいなら私が……」

「余計なことしないで！」

突然の葉月の激昂に驚いた華は、中途半端に口を開いたまま固まる。

「勉強も習い事も私には必要なことなの。私は皆から期待されているんだから。才能のない華には分からないだろうけど、いつか本家の人ですら私を必要とするわ。私は落ちこぼれの華とは違うのよ！」

「葉月……」

「今後私のことに口を出さないで！　華には術者のことなんかなんにも分からないんだから」

そう言い放つと、葉月は華を振り返ることなく行ってしまった。

呆然とすることしかできなかった華は、何も言い返せないままに立ち尽くす。

華は葉月が自分のことを下に見ていたということに少なからずショックを受けていた。

だがまあ、仕方ない。これまで散々比べられちやほやされれば、否が応でも華を下の立場に置いてしまうというもの。

少ししてからようやく冷静に頭が回り出した。

華は紗江のおかげで両親の期待という枷(かせ)から抜け出すことができたが、葉月はまだそこに囚(とら)われたままなのだろう。

そう簡単に抜け出すことができないのはよく分かる。

それはまるで洗脳のように、こびりついて離れないのだ。

不憫(ふびん)ではあるが、下に見ている華から何かを言われたとしても、きっと先程のように聞く耳は持たないだろう。

華はやれやれというように溜息を吐いた。

「葉月自身が気付かなきゃ意味ないか」

仕方ないことだと思いつつ、あんな言い方をされれば腹も立つ。

華は静観することにした。

＊＊＊

それからもたくさんのものを諦め、たくさんのものを許容し、いつしか家族のことすら他人事(ひとごと)のように感じるようになっていった。

きっとこれからもそれは変わることなく、家族から関心を持たれることなく、そして持つこともなく、大人へとなっていくのだろう。

そんな生活はどこか華の性格を歪ませ、それは誰にも気付かれることなく時は進んでいく。

けれど自分にはあずはがいる。大事でかわいい自分の味方。あずはがいるならそれでいいと思っていた。

異変が起こった十五歳の誕生日までは。

ケーキを食べている最中に起こった変調に、華は内心動揺が隠せない。

古いものが剝がれ新しいものが表へ出てくるような……。

あるいは、それまで内にあったものが殻を破って出てくるかのような感覚が華を襲ったのだ。

「……っ」

その直後、華の中から感じたことのない大きな力が溢れ出してきた。

思わず胸を押さえ、その力を抑え込む。

「どうしたの？」

やはり双子だからだろうか。

華の異変に誰より早く……いや、ただ一人気付いたのは葉月だった。

「な、なんでもない……」

「顔色悪いわよ？」

「そう？」

平静を装いながらも、内心で華はかなり慌てていた。

しかし、わずかに残った冷静な部分が、この場にいるのは止めておいた方がいいと訴えている。

華は急がず騒がず立ち上がった。

「華？」

葉月が心配そうな顔を向けてくる。

まだ心配してくれるだけの情は残っているのかと、なんとも言えない感動を覚えたが、それも一瞬のこと。

すぐに自分のことで手がいっぱいになり、葉月に構っている余裕はなかった。

「ちょっと体調悪いから部屋で休んでくる」

「大丈夫なの？」

「休めば治るから大丈夫……」

それだけを言い残して、華は部屋を出た。

どうせ、招待客の誰もが葉月さえいれば満足なのだから、華一人いなくともどうとも思わないだろう。

人目がなくなるや、華は急いで部屋に向かった。

この数年の間で、華の部屋は母屋から離れへと移動していた。

離れと言っても、一人で暮らすにはじゅうぶんすぎる広い一軒家だ。

紗江などはちょくちょく顔を出すし、十歳からずっと側にあずはがいるので、寂しいと感じるより、家族と明確な距離が保てて華は満足だった。

術者の能力が低いことを、顔を合わせる度に両親からなじられることも激減した。

この離れに移ることは華の願いだったが、誰も使ってないからとすぐ許可が下りたのは幸いだった。

両親としては、落ちこぼれの華が目障りだったのかは分からないが、邪魔の入らない聖域を手に入れられて嬉しかった。

そんな安心できる離れに戻った華は、そのままベッドへと倒れ込んだ。

あずはが心配そうに周囲を飛び回るが、蝶であるあずはになにかができるわけでもない。

華は自分で自分を抱き締めるようにしてうずくまった。

「くっ……」

熱い。胸の奥が。そして熱が体を巡り外へ出せと言わんばかりに暴れ回る。

華は熱にうなされ続けて、翌朝……。

まるで昨日のことが嘘のように熱は引いていた。

むしろこれまで以上に体が軽い気すらする。

それと同時に華は気付く。

自分の内に宿る、大きな大きな力に。

誰に教えられるでもなく、華はこの力がなんなのかを理解していた。

力自身が華に教えてくれるという方が正しいかもしれない。

「あずは。こっちにおいで」

華が唯一の式神を呼ぶと、あずははひらひらと華の差し出した人差し指に止まった。

そして、華は身の内に湧き上がる力を少しずつあずはへと送り込んだ。

決して性急になりすぎないように、あずはが受け入れられるようにゆっくりと、そして確実に流していくと、あずはの羽がより一層鮮やかに色付いていく。

これ以上は無理だというようにあずはが人差し指から飛び立った。

力を送るのを止めてあずはを見る。

「あずは、大丈夫？」

すると、なんということだろうか。言葉を扱えないはずのあずはから確かにその声は届いた。

『うん、あるじ様……』

少し舌っ足らずな幼子のように性別の分からぬ声。

ああ……。自分の感じたものに間違いはなかったと華は確信した。

華はようやく手に入れたのだ。

長く長い諦めの末に、術者としての強い力を。

そして、きっとこの力は葉月すらも超えるものだろうと感じた。

華は無限に湧き出てくるかのような力を身の内に感じて、両手で顔を覆った。

この感情に名をつけるならなんというのだろうか。

華には分からない。

『あるじ様、泣いてるの？』

「……ううん。泣いてないよ」

『悲しいの？』

「悲しい……のかな？　嬉しいのかも。……ううん。やっぱり悲しいのかな？　なんて表現したらいいのか分からないの」

ずっと仕方がないと思っていた。

自分の術者としての力が弱いのはどうしようもないのだと。

葉月と比べられては悲しく、辛く、そしていつしか諦めることを覚えた。

それが今になって力が目覚めるだなんて誰が想像しただろう。

華自身ですら未だに信じられない。

しかし、内に感じるこの途方もない力は確かに華の中を巡っていた。

まるで最初からそこにあったかのように、違和感なく華の中にある。

諦めたはずの力が今ここに存在している。

嬉しい。けれど、なぜ今更とも思う。

もっと早くに手にしていたら自分は苦しまなかった。羨まなかった。劣等感に苛まれなかった。

「ほんと、なんで今なのよ」

遅すぎる。

誰に対して文句を言えばいいのだろうか。分からない。

『あるじ様？』

心配そうに様子を窺うあずはに気が付いて、華はようやく笑顔を見せた。

「大丈夫よ、あずは。それよりも、やっとあずはと話せるね」

『うん。嬉しい』

「私も嬉しい」

弱いはずの蝶という式神。

しかし、今のあずははからはとても強い力を感じる。

このままではすぐに周囲に気付かれてしまうだろう。

「あずは、力を抑えられる？」

『やってみる』

しばらく様子を見ていると、光り輝くような色鮮やかさがあずはから消え、これまで通りのあずはに戻った。

それと同時に、あずはから溢れる力も小さくなっているのを感じる。

『あるじ様、どう？』

「うん、上手にできてるよ。これからは必要な時以外はずっと力を隠しててね」

『他の人に教えないの？　せっかくあるじ様、強くなったのに』

「教えない。これは私とあずはだけの秘密ね」

あずはは不思議そうにしつつ、華が望むならと深くは考えず返事した。

『分かった』

華とて考えなかったわけではない。

葉月すらも超えるような力が覚醒（かくせい）したと知れば、きっと両親は喜ぶだろう。

そして、よくやったと褒めてくれる。

葉月の出涸（でが）らしと言っていた周囲だって華を見直すはず。

だが、それがどうしたというのか。

いない。

これまで彼らが華に対してしてきたことがなくなるわけではない。

蔑み、失望し、嘲笑い、放置してきた両親や周囲の者達のしたことを華は忘れてはいない。

それが、力を得た、ただそれだけでころりと変わる様など見たくもない。

それに……。と、華は葉月のことを考える。

期待を一身に受けた葉月の殺人的なスケジュールと、周囲からの重圧を。

優等生の仮面を被る葉月は、よく思われようと言われるままに従っているが、両親や周囲への疑心に満ちた華は従うつもりなどない。

認められたいと思っていた時はとうの昔に過ぎ去っている。

だからこのままで。

葉月の出涸らしのまま、生きていってやる。

両親の思う通りに生きてなどやるものかと、これまでの育ち方ですっかりひねくれてしまった華は、力を隠していくことを誓う。

「誰かの意味のない期待はいらない。そんなものゴミ箱に捨ててやる。私が目指すのは葉月のような優等生なんかじゃなく、自由に生きること。誰の思惑にも左右されたりしない、私が私らしくいられる生活の死守！」

そのためにはこの力は内緒の方が絶対にいいはず。

今更手のひらを返したようにまとわりつかれるのは華の望むところではない。

爪の先ほども親と周囲の人間を信用していない華の最良と思う選択。

「いつかこの家を出るまでは大人しくしていよう」

紗江のように華のことを見てくれている人には申し訳ないが、静かな暮らしを続けるためには必要なことだと自分を納得させた。

いつの日か、この家から解放される日まで。

二章

　華の力が覚醒してから数年。

　早いもので華は高校三年生、十八歳となった。

　覚醒してから徹底的に隠し続けたおかげで、双子である葉月にすら気付かれてはいない。

　まあ、そもそも葉月と顔を合わせることすら少ないのだから当然と言えば当然かもしれない。

　しかし、暇があれば様子を見に来てくれる紗江を始めとした使用人にも気付かれてはいないので、華が隠すのが上手（うま）いのは確かだろう。

　一瀬家に仕える使用人も多少なりとも術者としての力を持っている。

　術者の力を持ちながらも、実践で使えるほどではない者は、術者の家系を補佐するため術者の家に仕えたりするのだ。

　柱石に関することは門外不出の極秘事項なので、秘密を守るためにも一般の人を雇えないというのもある。

なので、使用人といえども力に対しては敏感だ。

そんな使用人にも今のところは落ちこぼれと見られている。

時々顔を合わせる両親から嫌みを言われる度に、紗江の方が怒りの交じった悲しそうな顔をするので心苦しいが、本当のことを言うわけにもいかない。

どこからばれるか分からないのだから。

だが、真実がどうだったとしても、華は両親の言葉を気にしなかっただろう。

紗江のおかげでとっくの昔に吹っ切ることができていたのだから。

なので、毎度毎度の両親のとげのある言葉も華にとっては馬耳東風状態。

しかし、殊勝に聞いているっぽく振る舞うので、両親は言いたいことをぶつけると早々に満足するようだ。

ここ数年でずいぶんと演技が上手くなった気がする。

将来は女優になろうかなどと、冗談交じりであずはと話していたりするのは二人だけの秘密だ。

そんな華が通う高校は、術者を養成する黒曜（こくよう）学校。

本当は普通の人間が通う学校がよかったのだが、一瀬家の者はすべからくこの黒曜学校に入学しているとあって、ほぼ強制的なものだった。

いくら華が落ちこぼれと認識されていても、式神を作れるほどの力がある以上、他の選択は許されなかった。

黒曜学校は生徒の術者の能力の強さごとにランク分けされクラスが決められている。

優秀な者が集まるAクラス。普通なBクラス。そして、術者としては弱いCクラス。

落ちこぼれを演じている華は当然一年生の時からCクラスだ。

入学式でCクラスに分けられたと落ち込む生徒達の中、心の中でガッツポーズをしたのはきっと華だけだろう。

人目がなければ、勝利の雄叫びを上げていたかもしれない。

両親は華のクラス分けを見ると、さっさとその場を離れていった。

もう失望するだけの期待は小指の先ほどもないといったところか。

いや、一応確認に来たのだから、わずかばかりは期待していたのかもしれない。

これまでは葉月と比べて弱いと決めつけていただけで、世間一般の評価は違うのかもしれないと。

だが、葉月ではない他者と比べても落ちこぼれと知らしめられて、残っていた興味も失せた様子。

華としてはウェルカム。試験にひたすら力を隠して臨んだのは、そんな両親の興味を引きたくない故なのだから、すべて華の思惑通りである。

今さら手のひら返しで媚(こ)びられても気持ち悪いだけだから。

最初から葉月と分け隔てなくとまではいかずとも、きちんと華にも親として関心を向けていたら華も喜んで力の覚醒をすぐに話し、家のために尽力しただろうに。

今や華の両親への情は他人よりも希薄だ。

両親は自分達の傲慢(ごうまん)により、大きすぎる魚を逃がしたことに未(いま)だ気付いていない。

今後も気付かないことを切に願うばかりだ。

そうして、ひたすら底辺で過ごしてきた高校生活は、一部のことを除いてとても過ごしやすいものだった。

優秀な者の集まるＡクラスともなると、一年生の時から実践授業が行われたりする。

それは実際に現場へ出て、柱石を狙う妖魔(ようま)を封印、または滅ぼすのだ。

もちろん最初は現役の術者の補佐程度だが、二年生、三年生にと上がるにつれ、それはより本格的な戦いへと変わっていく。

三年生になれば、Ｂクラスですら現場に連れ出されるようになる。

その一方で華のいるＣクラスはというと、実戦に出られるほどの力を持った者は皆無なので、のんびり安全な学校で授業を受けている。

危険な場所に出ることもなく、出たとしても後方支援程度だ。

とはいえ、その後方支援も立派な役目である。

戦える者は戦い、戦えない者は後方にて補佐をしたり戦いの後始末をしたりするのだ。

決して軽んじていいものではないが、やはり学校内でランク分けされている以上、AクラスやBクラスの生徒からは蔑みの対象となってしまうのは仕方がない。

それは葉月という優秀な姉を持つ華に対してより顕著に表れていた。

華が学校を歩く度に聞こえてくる、嘲笑と陰口。

慣れっこだが、鬱陶しいことこの上ない。

その問題さえなければ、楽しい学校生活ではあるので、残念でならない。

まあ、葉月と比べられ蔑まれることを承知の上で力を隠しているのだから、文句を言えたことではないのだが。

「あっ、華ちゃんのお姉さんだ」

そう声を上げたのは、華の友人の三井鈴。

薄茶色のボブカットの髪で、ほわほわとした柔らかい雰囲気を持った優しい子だ。

華を葉月の妹としてではなく、きちんと個人で見てくれる貴重な人間。

その肩には式神であるリスが乗っていた。式神としては弱い方に分類されるが、小動物のようなかわいさのある彼女にはぴったりの式神だと思う。

多くの人は、葉月と似た顔をした華のことを珍獣でも見るかのような興味津々の目で見てくる。

そして最後は葉月と比べて、嘲るか、かわいそうな子を見る目を向けてくるのだ。

けれど、鈴はとても自然だった。

葉月の妹と知っても、それがどうしたの？　と言わんばかりに。

鈴と出会えたことだけでも、この学校に入学したかいがあったと思っている。

鈴の声で窓から外を見下ろせば、葉月がたくさんの同級生に囲まれているのが華にも見えた。

「相変わらず人気者だねぇ、華ちゃんのお姉さん」

鈴は感心するように呟いた。

明るく人を惹きつける笑みを浮かべている葉月だが、それが偽物だと気付いている華としては、なんとも複雑な気持ちだ。

「ほんとにね……」

葉月にはこれまでそれとなく苦言を呈してきた。

親の言いなりになっていることに対し、このままでいいのかと。

けれど、その度に拒絶され、葉月はいい子ちゃんでいることを選んできた。

今も、周囲が望む優等生を演じている。

華にはどう転んでも、葉月のように周囲が望む優等生にはなれない。

だから、愛嬌を振りまく葉月を見て思うのだ。

「今日もご苦労様です」

華は葉月を見てそう呟いた。

葉月に忠告しながらも、彼女がいてくれるおかげで両親の関心はすべて葉月に向けられている。

それは力を隠し続けている華にとってはとても助かることだった。

「そうだ、華ちゃん。この間配られた進路希望の紙になんて書いた？」

葉月のことなどもう忘れたかのように鈴が問いかけてくる。

「鈴こそなんて書いたの？」

「えへへ、私はね。後衛の術者になりたいの」

術者の家系に生まれた者はこの黒曜学校を卒業した後、柱石を護る五つの家が作った術者協会に登録し、術者として生きる者が半数以上だ。

しかし、術者として働くと言っても、協会も黒曜学校のように力によってランク分けがあり、それにより役割分担がされている。

上位のランクに振り分けられた者は妖魔との戦いを中心に働く。

危険は多いが、その分給料はいいのだ。

鈴が目指している後衛は、支援や補佐、後処理を中心とした比較的安全な部署。

華と同じようにCクラスにいる鈴では戦いの場に身を置くのは無理だと本人も分かっての選択だろう。

とはいえ、名字に三の字を持つ鈴は五家の一つ、三光楼の分家筋の者であり、式神を持つ立派な術者なので、その進路は叶うはずだ。

花形である戦いを主とする術者に比べ、後衛の術者は常に人手不足が問題となっているから、なおのこと喜んで迎えられるだろう。

「華ちゃんはどうするの？」

「私は普通に一ノ宮グループのどこかの会社に入って、術者とは関係ない生活を送っていくのが希望かな」

一ノ宮を始めとした五つの家は、裏から日本を護ると同時に、表の世界でも強い影響力を持っていた。

昔は五大財閥と言われ、財閥と呼ばれなくなった現在に至っても経済を掌握していると言っても過言ではない。

それればかりか、政治面でも旧五大財閥の意思が強く反映されているという。

下っ端の華には真実は分からぬことだが。

同じく五家の一つ、一ノ宮の分家の生まれである華は、一ノ宮が表で経営しているグループ企業への就職が第一希望だった。

術者として生きる気などさらさらない。

術者の家系に生まれても全員が全員術者の道を選ぶわけではない。

紗江のように術者としては生きなくとも術者と関わりを持つことを選んだ者もいれば、普通の一般人として生きることを選ぶ者も少なからずいるのだ。

それは術者としての能力に欠ける者や、現役を引退した者など理由は様々だが、一ノ宮だけではなく他の家でもそんな者達を自社グループで受け入れていた。

華は一ノ宮の分家なので、一ノ宮系列の企業を受けるつもりだ。

よほどの問題がなければ、ほぼ確実に就職できるだろう。

そして、就職と共にあの家を出る。

反対されるかもしれない。

術者の家系に生まれながら術者にならないなど恥だ、許さないと言って怒るかも。

しかし、両親が華に期待しないように、華とて両親にはもうなにも期待していない。

自分のことは自分で決める。

たとえ縁を切ることになったとしても、欠片もためらいはなかった。

しかし、きっと葉月は術者の道へ進むだろう。

成績も、エリートが集うAクラスでぶっちぎりのトップに立っている。

葉月が選ばなくとも、協会の方から葉月に打診してくるに違いない。

それを葉月は受け入れると華は確信している。なんの疑問も違和感もなく、両親や周囲が望む道を歩いていく。

双子の片割れとしてそれでいいのかと問いたいが、問うたところで葉月は華の言葉になど耳を傾けようともしないだろう。

もう仲のよかった昔のような関係には戻れない。

それをどこか寂しいと感じている自分がわずかに残っている。

昔、愚痴を言い合ったあの頃がひどく懐かしい。

＊＊＊

放課後、図書室で本を選んでいると聞こえてくる声。

「あれ葉月さんの出涸らしじゃない？」

「こんな所になにしに来たのかしらね」

「勉強したって意味ないでしょうに。落ちこぼれはなにしたって変わらないのにね」

クスクスと嘲笑する声が華まで届く。

しかし、そんな嫌みにも華は我関せずを貫き本を選んでいたのだが、ぞわりと漂い出した殺気に、『あっ、やばい』と慌てて人気のない所へ移動した。

誰もいないことを確認すると、すうっとその場に二人の男女が現れた。

突然現れた男女に華は驚くよりも困ったような顔をする。

二十歳前後の男女はなにやらとても不機嫌な様子。

「葵、雅、学校で姿を見せるのは駄目だって前にも言ったでしょう？　あんな嫌み今に始まったことじゃないんだから、いちいち反応しないの」

「申し訳ございません」

しゅんとしおらしくすぐに謝ったのは、雅という美しい女性。長い髪を結い上げており、まるで天女のような服は雅の神々しいまでの儚くも美しい雰囲気により拍車をかけていた。

そして傍らの男性の名は葵。

背が高く、体格もがっちりしており、身長ほどもの大剣を背負っている。

こちらもまた雅に引けを取らぬ美男子だが、中身はやんちゃ坊主を思わせる勝ち気な性格だ。

この二人は、力の覚醒後に華が作り出した式神である。

普段は姿を隠し、力を極限まで抑えて華に付き添っているのだが、先ほどの悪口を聞いて力が抑えきれなくなった気配に気付き、華は慌てて図書室を出てきたのだ。

華の注意に葵の方は納得がいっていないのか、未だにムスッとした顔をしている。

「葵？」

「……主の言いたいことは分かるが、主を悪く言われて黙ってはいられない」

この頑固さはどこから来たのか。

けれど、この二人もここにはいないあずはも、いつも華を最優先に考えてくれる。

華が作った式神なのだから当然なのかもしれないが、絶対的な味方がいてくれるという事実は華を勇気づけてくれる。

「別に今始まったことじゃないでしょう？」

そう言えるのも、式神達がいてくれるからなのだが、それは上手く伝わらない。

「それでも嫌だ」

先ほどまでしおらしくしていた雅も、隣でこくりと頷いている。

今度こそ華はやれやれというように息を吐いた。

華のことを最優先に考えてくれるのは嬉しいが、それ故に融通がきかないところがあるのが難点だ。

「私は二人の存在を周囲に教えるつもりはないの。力をちゃんと抑えられないなら、あずはと一緒に家でお留守番よ」

そう言うと激しい葛藤をしているのが見て取れる。

けれど、常に一緒にいたいという二人が最後には折れることを華は知っていた。

「う〜。分かった……」

不満を前面に押し出しつつも了承した葵の頭をよしよしと撫でてやる。

葵の身長が高いので華の手が届かないと分かると葵の方からしゃがんでくれるのだ。

そんなところがかわいらしい。

これで解決かと思ったところで、雅が問う。

「ちょっとでも駄目でしょうか？　気付かれないようにしますよ？」

と、なんとも悲しげに眉を下げて懇願してくる。

それは同性である華ですらくらりとしてしまう美しさだったが、頷くわけにはいかない。

二人が顕現しただけで、かなりの力が周囲に漏れる。

今は気付かれぬように結界を張っているが、二人が力を使うとなると、結界では防ぎきれないかもしれない。

術者の多いこの学校では勘のいい者は少なくなく、そこからばれれば大騒ぎになってしまう。

なにせ、人型の式神はめったにいないのだ。

現在の黒曜学校では、葉月の式神一人だけ。

それだけに華が貴重な人型を二人も使役しているなどと知られたら、術者の道へまっしぐらだ。

それだけは絶対に避けたい。

なので、厳しくこう言うしかなかった。

「駄目です！」

雅はひどく残念そうに頬に手を添えた。

「そうですか？　やってやれないことはないと思うのですが……」

「俺もそう思う」

「駄目ったらだーめ！」

「主様を見下す愚か者どもを締め上げたかったのに、残念です……」

「主が望むならすぐに潰してやるのに……」

二人はブツブツと文句を言いながら姿を消していった。

「やれやれ……」

華は苦笑しつつも、そんな二人の気持ちが嬉しくもあった。

＊＊＊

とある日。

学校から帰った華は離れの家でおかきを片手に何気なくテレビを見ていた。

テレビの中から聞こえてくる不穏なニュースに華は顔をしかめる。

「犬の大量虐殺だって。たしか数日前にも似たように犬が殺されてたってニュースやってたよね。あんなかわいい生き物を手にかけるなんて、世の中には血も涙もない奴がいるわね。地獄に落ちろ」

「本当ですね。それに、場所はここからそう遠くありませんね」

華のために淹れてきた緑茶の入った湯飲みを置きながら、雅もニュースを聞いていたようで、わずかに顔を険しくさせた。

「主、一応気を付けてくれよ」

こういう恨みを持った魂は、妖魔へと変わることが多々あるのだ。

この辺りということは、そんな人間への恨みを持った妖魔が近くで新たに生まれた可能性がある。

遭遇する可能性があるために、葵は心配をしていた。

けれど、華にとっては余計な心配でもあった。

「気を付けるもなにも、その前に始終くっついてる葵がやっつけちゃうでしょ」

「当然！」

なにか問題でも？　と言いたげな顔で葵は即答する。

「別にいいんだけどね、それは。けど、人目があるところではやめてね」

「分かってる」

「本当に分かってるのやら……」

ごく最近も学校からの帰り道で妖魔と遭遇した時、華が止める間もなく葵が瞬殺してしまった。

一ノ宮が護る柱石のあるこの地域では、それを狙って自然と妖魔が集まってくるので、遭遇率も高い。

しかし、基本は見えざる存在なので見えていない普通の人に手を出したりはしないのだが、妖魔は術者を取り込むことで力を増すことがある。

それ故に式神を作れるほどの力のあるものは、黒曜学校のような術者養成学校に入り、妖魔への対処方法を習うのだ。

けれど、正直、妖魔に狙われるほど力を持った術者は少ない。

柱石を狙った方がより強い力を得られることを妖魔は知っているからだ。

けれど、隠していても妖魔には華の強さが分かるようで、一人でいる時によくからまれるのである。

おかげで、Aクラスでもないのに、無駄に実戦経験が豊富だったりする。

葵と雅を作り出したのも、そんな妖魔を相手にするのに辟易していたからだった。

今のところ葵も雅も、華の望み通りの働きをしてくれていた。

最近では少し自分でも戦わねば腕が鈍るのではないかと心配になるほどだ。

けれど、術者から離れ、普通の生活をしていこうとしている華にはいらぬ経験かもしれない。


しばらく惰性でテレビを見ていると、離れに人の気配がした。

葵と雅は次の瞬間には姿を消す。

ここに来るのは紗江や使用人ぐらいだが、どんなに仲がよかろうと、華は葵と雅の存在を教えるつもりはなかったので、誰か来たらすぐに姿を消すように命じていた。

華の予想通り、姿を見せたのは紗江だった。

そろそろ夕食の時間かと時計を見てそう思う。

しかし、いつもは持ってきてくれている料理は手にしておらず、不思議に思う。

そしてどこか困ったような様子を見せた。

「華様、今晩は母屋にてお食事をお願いします」

「えっ、母屋で？」

「はい。旦那(だんな)様が一緒にご夕食をと」

そんなことはこの離れに移ってからは初めてのことで、華は一瞬聞き違いかと思った。

「お父さんが本当に私を呼んでるの？」

「そうでございます。大事なお話があるとか」

一体どういう風の吹き回しかと思ったが、華をわざわざ呼ぶほどのことでもあったのだろう。

なんとなく面倒臭いことにならないかと心配しながら母屋へと向かえば、普段は滅多に家に帰ってこない兄の柳までがいた。黒曜学校を卒業した後は術者として働いているようだが詳しいことは知らない。なにせ会話がないのだ。

最後に話をしたのはいつだろうか。思い出せないほどに会っていない。

そして、相変わらず無口なようで、入ってきた華を一瞥(いちべつ)しただけでふいっと視線をそらした。

そんな態度も気にせず席に着けば葉月が入ってきて、華と同じように柳の存在に驚いている。

その葉月とすらこんな近くで同じ空間にいるのは久しぶりのことだった。

誰も言葉を発しない気まずい空気が流れる中、両親が姿を見せ、着席したと同時に食事が運ばれてきた。

こうして一家で食卓を囲むのは何年ぶりのことだろうか。

しかし、誰も楽しむ様子はない。

早く用件を話し出さないかなと父親を窺いながら食事を進めていく。

父親が口を開いたのは全員の食事が終わってからのことだった。

「柳は知っているだろうが、この度、一ノ宮の当主が代替わりなされる」

これには普段家のことには無関心の華も驚いた。

隣に座っていた葉月も初耳なようで、華と似たような顔をしている。

「次の当主は長男であられる一ノ宮朔様だ。後日、本家にて朔様の襲名披露式がなされるので、お前達も出席するように」

当然のように「はい」と頷いて了承する葉月と柳とは違い、華は異論を唱える。

「お父さんの言うお前達の中には私も含まれているんですか？」

「そうだ」

「葉月はいいとしても、私は必要ないかと思いますよ」

暗に、落ちこぼれなどお呼びではないだろうと告げる。

「駄目だ。今回は分家の年頃の女子は全員参加させるようにとのお達しだ」

「なぜ？」

「朔様は、現在未婚であられる。決まった相手もおられず、今回は花嫁の選別という意味も含まれているのだ」

華は心の中で、やっぱり面倒臭いやつだ！　と、来たことを後悔した。

「まあ、優秀な葉月と違い、お前が朔様の目にとまることなど億が一にもないだろうが、そういうわけで出席は絶対だ。一応お前もこの一瀬の娘なのだからな」

都合のいい時だけ娘とのたまう。

だが、父が不本意であることが見て取れ、それはこちらもだと反抗心が生まれてくる。

ドタキャンするかと、華に悪魔が囁いたが、そんなことをすれば後でうるさいだろうと諦めた。


そして、当主襲名披露式当日。

華は紗江に着付けてもらい、薄いピンク色の振り袖をまとっていた。

髪も綺麗に結いあげてもらい、飾りを付けて完成だ。

我ながらかわいくできたと自画自賛して母屋へ行くと、そこには色鮮やかな深紅の振り袖を着て、豪華な髪飾りで髪をセットした葉月の姿があった。

よく似た双子は互いの姿を見て言葉を失う。

着物や髪飾りは両親から渡されたものだ。

本家に行くとあって華の着物も決して悪くはない。

しかし、葉月の着物の前では霞んでしまうほどに地味だった。

いや、逆か。葉月の着物の質がよく華やかなのだ。

あの両親が葉月と差別するのは今に始まったことではないが、これほど見て分かる差をつけてくるのは初めてだった。

「準備はできたか？」

そう言って姿を見せた父親は葉月を見て満足そうに微笑んだ。華のことは空気である。

そして、父親の後ろからやって来た母親も、手放しで葉月を褒めた。

「まあ、綺麗よ、葉月。やっぱりその着物は葉月によく似合っているわ！」

「ありがとう。けど、その……華のとはずいぶん違うのね」

葉月はチラチラと華を見ながら両親に確認する。

自分と明らかに違うと感じたのは華だけではなかったようだ。

葉月は困惑した様子でいる。

ここで、優越感を覚えるような性格になってしまうほどには歪(ゆが)んでいないようで、華は少し安心した。

しかし、両親は葉月の戸惑いなどなんのその。

「先日も言っただろう。今回は当主の花嫁探しでもあるのだ。お前は優秀な術者であり、親の目から見ても美しい子だ。きっと朔様のお目にもとまるだろう。そのための衣装だ」

「葉月ならきっと選ばれるに違いないわ。頑張って。他家の女達に負けては駄目よ」

「……はい」

それを輪の外から見ていた華は不快感でいっぱいだ。

華では、落ちこぼれで当主の目にもとまらないと暗に告げているのはまだいい。

この親達は、まだ葉月に重圧をかける気でいる。

始末に負えないのは、そのことに両親が気付いていないことだ。

華なら一蹴(いっしゅう)するところだが、葉月はまたもや両親の期待に応(こた)えんと頷いてしまった。

なんの茶番だと、華が冷めた眼差(まなざ)しを三人に向けていることに誰も気が付いていない。

「お父さん、お母さん、そろそろ時間です」

紺色の着物を着た柳が呼びに来る。

「おお、そうか。では行くか」

「葉月、ちゃんとご当主に気に入られるようにするのよ。そうすれば、あなたは一ノ宮で当主に次ぐ権力が与えられるのだから」

「はい」

しっかりと頷いた葉月に満足して、両親は先に行ってしまった。

両親が期待を寄せるのは葉月だけ。それなら自分は用なしなのではないかと感じて、脱走を試みようかと本気で考えていると、不意に華の髪になにかが触れた。

反射的に振り返ろうとしたが、「動かないで！」と叱り付けるような葉月の声に華は動きを止める。

少しの間髪をいじくられたかと思うと、すぐに離れていった。

「もういい？」

「いいわよ」

ゆっくりと振り返ると、少し不機嫌そうな顔をした葉月と目が合った。

「なにしたの？」

「なんでもないわ」

そう言って先に行ってしまった。

疑問符を浮かべる華に、あずはがひらひらと飛んでくる。

『あるじ様の花飾りが増えてる』

「えっ？」

髪型を崩さないようにそっと触れると、確かに髪飾りの数が増えていた。

それとは逆に、葉月の後ろ姿から確認できる髪飾りが少なくなっていた。

なんの気まぐれかは分からない。

あまりにも華の姿が地味すぎたのが目に付いたのか、葉月は自分の髪飾りを華に譲ってくれたようだ。

華の中に、なんとも言い表せない感情が湧いてくる。

葉月は自分が嫌いなのではなかったのだろうか。

落ちこぼれで、そのくせ口うるさい華のことを厭うているのかと思っていた。

話をしなくなったのもそのせいだと……。

違ったのだろうか。

葉月の気持ちがよく分からない。

お礼も言い忘れたまま、なんとも悶々とした気持ちで、華は本家へと向かうのだった。

初めて訪れた一ノ宮の本家は、純和風の豪邸だった。

華の家も離れがあるぐらいなのでそれなりに敷地も広く、豪邸と言っても差し障りのないお屋敷だったが、本家はそれを軽く超える。

車で本家に到着しても、さらに門から玄関まで車を走らせなければならないほど広い。

さすが旧五大財閥でもある一ノ宮家。スケールが違う。

やっとたどり着いた玄関前には、一瀬のような分家や関係者達の車が停められていた。

華達も玄関の前で降りると、運転手は駐車スペースへと車を移動しに行った。

華はその本家の豪華さに圧倒される。

「ようこそおいでくださいました、一瀬の皆様。ご案内いたします」

本家の使用人だろう人物に案内されて中へ。

興味津々にきょろきょろしていると、葉月に肘でつつかれる。

「恥ずかしいでしょう。きょろきょろしないでよ」

お上りさんのように見えたのか、葉月が顔をしかめて窘める。

けれど、華に反省の色はない。むしろ開き直る。

「だってすごくない？　こんな豪邸初めて見た」

「それはそうだけど……」

「もう来られないかもしれないんだから、ちゃんと見とかないと損だよ」

「確かに……」

と、納得しそうになったところで、葉月ははっと我に返る。

「いえ、やっぱり駄目でしょう。一瀬の人間として毅然としていないと」

「なら葉月はおすまし顔でいたらいいじゃない。私は堪能するから。でも、お父さんとお母さんはまだしも、お兄ちゃんは驚いてないみたい」

「そりゃそうよ。お兄ちゃんは術者として普段から本家に出入りしてるんだもの」

「そうなの？」

「そうなのって、知らないの？　お兄ちゃんが普段どこでなにしてるか」

「全然」

特に興味もなかったので、あえて紗江に聞くこともなかった。

すると、葉月は呆れたような顔をする。

「なんで知らないのよ。妹でしょう⁉」

「だって、お兄ちゃんと会話することなんて皆無だもん。葉月とだって……」

そう、葉月ともこんなに話をしたのは数年ぶりのことだった。

それなのに、なんの違和感も覚えずぽんぽん言葉を交わせるのは、やはり双子という特別な繋がりがそうさせるのだろうか。

葉月も、華の言わんとしていることを察したのか、気まずい表情を浮かべる。

それを誤魔化すように葉月は早口で話し出した。

「お兄ちゃんは、術者最年少で四色の瑠璃色を得たのよ。五色の漆黒を手にするのももうすぐって言われてるぐらいなんだから」

術者協会に属する術者はランクで分けられている。

下から、一色、二色、三色、四色、五色。

それぞれ、白、金、紅、瑠璃、漆黒の色で表される。

協会から支給される術者の証明書であるペンダントトップは、それぞれの色をしており、その者のランクが分かるようになっている。

さすがに柳が術者をしているのは知っているが、滅多に顔を合わせない柳のペンダントを見たことはなく、現在どのランクにいるのかすら知らなかった。

「へぇ～」

葉月から説明されても、凄いなとは思うが、それ以上でもそれ以下でもない。

それだけ、華にとっては他人事だった。

年に数えるほどしか顔を合わせない兄のことだ。どうでもよさそうな反応になるのは仕方のないことだった。

そんな薄い反応が葉月は許せなかったのか、目を吊り上げる。

「なにその反応!?　凄いことなのよ！」

「凄いとは思うけど……」

「華はいつもそう。自分は関係ありませんみたいな態度で無関心なのよ！」

確かに無関心と言われても無理もないほどに、家族と関わらない。

けれど、それは華がそうしたかったわけではなく、先に家族が華への関心をなくしたのだ。

だから華はそれに倣っただけで、こんなふうに葉月に責められる覚えはない。

言い返そうかと口を開こうとした時、父親の声が間に入る。

「なにを騒いでいるんだ！　本家では礼儀正しくしていなさい」

葉月は一瞬、華を睨み付けてから父親の後についていった。

華もそれに従ったが、それ以降二人の間に会話はなくなった。

大広間に通されると、すでに多くの関係者が座っていた。

ちらほらと華と同じ年頃の若い女性が、見るからに気合いの入った姿で座っている。

彼女達はきっと当主の妻の座を狙っているのだろう。

あまりにも華やかすぎて、これでは地味な華が逆に目立つ。

華達一瀬家の面々は分家の中でも下座の方に通される。

そこから一瀬家が分家の中でも影響力が下であることが窺えた。

数代前は上位に位置していたらしいのだが、最近では強い術者が生まれなかったためか、それまであった発言力を失いつつあった。

だからこそ、本家並みの力を持つ葉月への期待が一身に集まるのだ。

両親は葉月を使って分家内での発言力を取り戻そうとしている。

分家内での順位など華にとったらどうでもいい。

父親も不必要なプライドなど捨ててしまえばいいのだが、術者としては優秀とは言えない父親は身の丈に合わない権力に固執している。

それに巻き込まれる子供の方がいい迷惑というもの。

華がなんとしても力を隠しておこうとするのも、父親の無駄な権力欲の道具に使われたくないからだ。

空いていた席が次々と埋まりしばらくすると、華の母と同じ年代の女性が入ってきた。

その後から、華と同じ年齢ぐらいの男の子が続くと、ざわついていた広間は一気に静まりかえる。

そして、とうとう当主が姿を現す。

「一ノ宮家ご当主、一ノ宮朔様のおなりです」

その声と共にふすまが開かれ、一人の男性が入ってきた。

一斉に周りが頭を下げたので、華も倣って頭を下げる。

「皆、面を上げよ」

すっと通った低い声が耳に入ってくる。

当主の声に皆が顔を上げる。

華も周囲の様子を窺いながら顔を上げたが、分家の中でも下座に座る華には当主の顔までは分からなかった。

けれど、声は予想よりずっと若い。

当主に就くというのだから、それなりに年がいっているのかと思ったが、よくよく考えれば若い女性を花嫁候補にと呼ぶぐらいだ。

年齢はそう離れていないのだろう。

「この度、一ノ宮の当主を襲名した一ノ宮朔だ。これより結界師として柱石の護りを引き継ぐ。皆、これよりよろしく頼む」

「誠心誠意お仕えいたします」

当主の言葉に対して、誰かがそう告げると、再び広間にいたすべての者が当主に頭を下げた。

結界師とは、柱石に結界を張っている五つの家の当主のみが名乗ることを許される名称。

その名はとても重く、大きな責任が含まれていた。

けれど華には無関係な遠い世界のこと。この時はそう思っていたのだ。

＊＊＊

襲名披露式とは言っても特別ななにかをするわけではなく、分家の者達を前に当主になったことを報告するだけのようだ。

その後には大勢での食事会。

華の前に膳が運ばれてくる。

それを黙々と食べていた華はちらりと視線を上座へと移す。

食事会になると、なぜか分家の地位に関係なく若い女性達が上座近くへと座らされたのだ。

花嫁探しも兼ねているというのは冗談ではなかったようだ。

だが前に出されたおかげで、ようやく華は一ノ宮朔という人物を目にすることができた。

黒い髪に意志の強さを感じる漆黒の瞳。

すっと鼻筋の通った容貌は整っていて、周りにいる女子達が浮き足立っているのが分かる。

別にこんな集団お見合いのようなことをしなくともすぐに見つけられそうなのだが、よほど理想が高いか、本人に問題でもあるのかもしれないと、華は密かに思う。

一人が勇気を出してお酌に向かうと、負けてなるものかとわらわらと女性達が当主を囲んでしまった。

「朔様、音楽はお好きですか？　私は琴を嗜んでおりますの」

「私は舞が得意なのです。ぜひご覧になっていただきたいものですわ」

女性達の積極的なことといったらない。

肉食獣も真っ青の肉食っぷりだ。

葉月は大丈夫かとその姿を探せば、出遅れたようで輪の端の方でどうしようかと焦りをにじませている。

すると、これまでどんな秋波を送られようとも無言を貫いていた当主がようやく口を開いた。

「この中に人型の式神を持つ者がいるというが、誰だ？」

女性達が顔を見合わせて困惑する中、葉月が当主の前に座った。

「わ、私でございます」

少し緊張しているのが見て取れる。

「お前は？」

「一瀬の娘、葉月と申します」

ここがアタックのチャンスとでも思ったのだろう。

計算され尽くした、人を引きつける笑顔を当主に向けた。

そこらの男なら簡単に落とせるかもしれない会心の笑みを前にしても、当主は顔色一つ変えなかった。

そのことに華は心の中で感心したものだが、葉月は思うような反応が返ってこずに焦ったことだろう。

どうやら当主が気になったのは葉月自身ではなく式神のことのようで、「ここで見せてみろ」と葉月に命じた。

「か、かしこまりました！　柊（ひいらぎ）」

葉月が自分の式神である柊の名を呼ぶと、どこからともなく少年の姿をした式神が現れる。

葉月が作り出した時から変わらぬその姿。

最初は同じ年頃だったというのに、あんなに小さな子供だっただろうかと、久しぶりに見た柊の姿に華は少し驚く。

「こちらが私の式神の柊でございます」

当主は柊のことを上から下にと視線を移して目を細めて見ると、あっさりとした言葉を返す。

「そうか、もういい。消せ」

「えっ？　は、はい」

一体なにがしたかったか分からない葉月は、困惑したまま柊に姿を消すよう命じた。

そのやりとりを横目で見ていた華は、なにやら偉そうな男だなと思いつつ、自分には関係ないかと、当主に群がる女性達をよそに料理に舌鼓を打った。

そんな華を見つめる当主の視線には気付かぬままに。

＊＊＊

当主襲名披露式から少しして、妖魔の活動が活発になってきた。

当主が替わるということは、柱石に結界を張っていた者が替わるということを意味する。

当主から次の当主へと結界が引き継がれる時、どうしても結界にほころびが出てしまうのだ。

そうするとどうなるか。

不完全な結界を狙って妖魔の活動が活発になってくるのだ。

それを祓うための人手が足りず、AクラスとBクラスは授業そっちのけで駆り出されていた。

落ちこぼれのCクラスはのんきなものだと他人事でいたら、とうとうCクラスにまで出動要請が出てしまう。

妖魔が集まっているとされる廃屋の敷地内で、華達Cクラスは後方支援として出番が来るのをずっと待たされていた。

少し離れた所では、協会の術者が集まって怪我人などに備えている。

後方支援を主とする彼らの色は白か金。

つまり術者の中では下位のランクの一色か二色の者ということだ。

「面倒くさっ……」

やる気皆無な華を見て、鈴はかわいらしく怒りを表す。

「もう、華ちゃんたら。滅多に来ない実戦経験を積める機会だよ。ちゃんとしなくちゃ」

「そうは言っても、私達は後方支援をするだけで戦うわけじゃないし。しかもかれこれ三時間も待たされたままじゃない。もう帰っていい？」

「だぁめぇ！」

本気で帰りそうな華の腕に鈴はしがみついた。

「だってお腹すいた……」

それも当然のこと。

妖魔は昼間よりも日が落ちてから動きが活発となるので、学校が終わった後にこの廃屋に来て、それからずっと待ちぼうけを食らっている。

普段の華ならとっくに夕食を終えている時間だ。お腹がすくのは当然だった。

タイミングよく、華のお腹がグゥと鳴る。

「あっ、それなら鞄にお菓子あったからちょっと待ってて」

鈴は華の腕を離して、協会の術者が作った即席の詰め所へと走って行った。

詰め所の側には生徒達の荷物を置いている簡易テントがあるのだ。

そこを目指して走って行く鈴の背中を見ていた華はピクリと反応した。

それとほぼ同時に、華の髪に飾りのようにとまっていたあずはが警戒を呼びかける。

『あるじ様！』

考える前に華の体は動いていた。

鈴に向かって一直線に走り、後ろからタックルするように体をぶつけ、二人して地面に倒れ込んだ。

「きゃあ!」

鈴が悲鳴を上げる。

そして、身を起こして振り返り、華の姿を確認すると戸惑ったような顔をした。

「えっ、えっ、華ちゃん? なに、どうしたの?」

しかし、華は鈴の疑問に答えている余裕はなかった。

先程まで鈴がいた場所は大きく地面がえぐれていたのだ。

そして、顔を上げれば、数え切れない妖魔が集まっていた。

妖魔の姿は千差万別だ。動物のような姿をしているものもいるが、形のないドロドロとしたものや、いろいろな生き物が混ざったような異形の姿のものまで様々だ。

同一なのは基本的に術者にしか見えないことと、鳥肌が立つような禍々しさを感じることだ。

そんなおぞましい姿の妖魔がたくさん現れたのだ。周囲にいたCクラスの生徒や術者達も騒然とする。

しかし、さすが一色、二色とはいえ、実戦経験の多い術者。我に返るのは早かった。

「総員、戦闘態勢! 各自、結界を張れるようにするんだ! 中に入っていった戦闘部隊に連絡を急げ!」

Cクラスの生徒達は戸惑い、慌て、混乱状態にある。

Ａクラスや Ｂクラスと違い実戦経験が少ないので仕方ないが、今この場にあってそれは致命的だ。

経験が少ないなど、なんの言い訳にもならない。

すぐに少数の戦闘部隊の術者がやって来たが、あまりにも妖魔の数が多すぎた。

逃げ惑う生徒が、術者の戦いを邪魔している。

Ｃクラスでありながら、普段から妖魔に狙われていた華は冷静だったが、側にいる鈴は華の腕をつかんで震えていた。

「どーしたものか……」

華が戦えばなんとかできるだろうという自信があった。

だてに普段から妖魔に狙われてはいない。

ここにいる妖魔はハッキリ言うと雑魚(ざこ)だ。

葵ならば瞬殺できる弱さだった。

しかし、葵を出して華が戦うということは、強い力を持っていることを周囲に教えることになってしまう。

それだけは避けたい。避けたいのだが……。

「うわぁぁ！」

「こっち来るな！」

「待て、冷静になるんだ。ちゃんと結界で妖魔を閉じ込めろ！」

「逃げずに戦え！」

「無理だ、無理だよぉぉ！」

泣き叫ぶ生徒達と怒鳴る術者達を見渡して華は苦い顔をする。

「うーん、カオスだ……。せめてAクラスがいたらなんとかなるのに」

しかし、葉月のいるAクラスどころか、Bクラスの姿も見当たらない。

そうこうしていると、華の下にも妖魔が襲ってくる。

術者になりたいと将来の希望を語っていた鈴は「きゃあ！」と悲鳴をあげてなにもできないでいる。

そんな鈴を横目に、華は冷静に妖魔を見据える。そして……。

「展開」

それを口にした瞬間、キンッとかすかな高音と共に妖魔を結界の中へと封じ込めた。

「滅」

その言葉と共に、妖魔はもだえ苦しむ声を上げて消え去った。

結界を解けば、後にはなにもなくなり、一部始終を見ていた鈴は目をぱちくりとさせる。

「華ちゃん、すごい。妖魔やっつけちゃった！」

「いや、あれぐらいなら学校で初歩の初歩に習うでしょ。妖魔も強くなかったし、なんの自慢にもならないって」

「そ、そうだけど……」

初歩と言われ、なにもできなかった鈴はどこか気まずそう。

しかし、華が言ったことは事実で、これぐらいならば冷静になればCクラスでも倒せる妖魔ばかりだ。

が、数の暴力で生徒達は冷静さを失っている。

これでは死人が出てもおかしくない。

やるか、やらないか。

先程はちゃんと力をセーブしていたので、華の力にまでは気付かれていないだろう。

けれど、これだけの妖魔を片付けたら言い逃れは難しい。

葵と雅が今か今かと華の命令を待っているのを感じる。

応援は未だにやってこない。

「……仕方ない、か」

ああ、さらば平穏な生活。

と、心の中で涙を流し、葵と雅の名を呼ぼうとしたその時。

「結！」

その声と共に、そこら中にいたすべての妖魔が結界に封じ込められた。

逃げ惑っていた生徒達も、必死に戦っていた術者も動きを止める。

そして、そんな中を歩く、真っ白な少女を連れた青年に注目が集まる。

彼は華にも覚えのある人物だった。

「あれって一ノ宮の……」

一ノ宮朔。先日襲名披露式でその姿を見たばかりなのだから忘れるはずがない。

後ろに連れ添っているのはおそらく彼の式神だろう。

ツインテールにした白髪に、なぜかフリフリのメイド服で頭には犬のような三角の耳がついている。

ふざけた格好だが、とてつもない力を持っているのを感じる。

ゆっくりと人々の中を歩く朔は絶対的な王者のような貫禄で一歩一歩進んだ。

生徒達は朔が誰か分かっていない様子だが、術者達はほっとしたような顔に変わる。

「滅せよ」

そう彼が告げた瞬間、結界に閉じ込められた妖魔達が一瞬で消滅した。

ちなみに、結界を張ったり、消滅させたりする時の発動の言葉は人それぞれ違う。

それぞれが力の発動をイメージしやすい言葉を自分で考えるのだ。

なので、中には厨二病をこじらせたような言葉にしている頭の悪い者もいる。

この言葉は一度決めてしまうと、その後なかなか変更がしづらい。

それでイメージが固定されてしまうからだ。

それ故、後になって後悔する愚か者が一定数いるのである。

華はもちろんそんな厨二病的なことはせずに、普通に分かりやすい言葉を使っている。

あっという間に妖魔達を滅してしまった朔を見て、華は感心した。

「へぇ、さすが一ノ宮の当主」

その力の強さは、この若さで当主になったことを納得させられるものだった。

一ノ宮の当主の登場でその後はその敷地内の妖魔はあっさりと処理され、ようやく華は家路につくことができた。

その翌日、学校では昨夜の話で持ちきりだった。

「昨日のあれ、一ノ宮の当主だって」

「すごくかっこよかったよね」

「あんな数の妖魔を瞬殺だぜ。めっちゃ憧れる～」

「でもなんで五色のご当主が来たの？」

「なんか調査不足でAクラスが対応してたところに高レベルの妖魔がいたらしい。それで近くにいた当主が駆けつけたんだってさ。幸いAクラスに大きな被害はなかったらしいけど」

などなど、一ノ宮フィーバーが起きていた。

「ねぇねぇ、華ちゃんは知ってるの？」

鈴も関心があるようで、一ノ宮の分家である華に聞いてくる。

しかし、華に話せることなどほとんどない。

「知ってるといえば知ってる。この間の襲名披露で顔は見たからね。でもそれだけで、話したことはないから」

「そうなんだー。まっ、普通そうだよね。私も三光楼のご当主様に会ったことないもん」

「三光楼のご当主は女性だっけ？」

「うん。遠目に拝見したことはあるんだけどね、すっごくかっこよかったよ」

「へぇ」

「かっこいいと言えば、話変わるんだけど……」

鈴はなにやらニマニマと嬉しさを押し殺せないというように笑みを浮かべている。

「なに？　どうしたの？」

「なんと！　私にもとうとう彼氏ができましたー」

「えっ、マジ？」

「大マジだよ〜」

鈴は心の底から嬉しそうだが、華は机の上に突っ伏した。

「えっ、なんで華ちゃんはそんな反応なの？」

「ショックだ。純粋な鈴が男の毒牙にかかってしまうなんて……」

「華ちゃん大げさだよ。ゆう君はそんな人じゃないもん」

「ゆう君って言うの？」

「そうだよ。波川雄大君って言うの。こんな人」

そう言って鈴はスマホの画面を華に見せてきた。

そこに写っていたのは、明るすぎる金髪に、耳にはたくさんのピアスを付け、サーファーかのように日焼けした、見るからにチャラそうな男。

とてもじゃないが、清楚系のほわほわとした鈴とは対極に位置する人種のように見えた。

華は頬が引きつるのを止められない。

「す、鈴さん？　この人が本当に鈴の彼氏？」

「うん。そうだよー」

朗らかに笑う鈴に、華はなにかを言おうとして口を閉じた。

なにを言ったらいいか言葉が出てこなかったのだ。

そんな華には気付かず、鈴は恋する乙女の顔でゆう君のことを語り出す。

「ゆう君はね、街でしつこい勧誘に困ってた時に助けてくれた優しい人なの。それにすごく格好よくて、男らしくてね。全部、ぜーんぶが素敵なの」

ここは友人として注意を促すべきか、華は迷う。

鈴の嬉しそうな顔を見ているとためらいが出てしまう。

だが、やはりこんな男に鈴を任せていいものか……。

いや、見た目だけで決めつけてはいけない。

こんななりをしているが、鈴の言うようにいい人かもしれないのだ。

ここはとりあえず様子を見ることにしようと、華は引きつりそうな笑みで鈴の惚気(のろけ)を聞き続けた。


その日の放課後、帰ろうとしたところを担任に捕まり、雑用を押しつけられてしまった。

鈴はデートがあるからと、華を見捨てて嬉しそうにさっさと帰ってしまう。

「裏切り者～」という華の声は、恋愛脳の鈴には届かなかったようだ。

しぶしぶ書類仕事を手伝っていたら、帰る頃には外は暗くなっていた。

「くそ～。なんであそこで捕まっちゃったかな」

『主の逃げ足が遅かったからだろう。他の生徒はいち早く逃げていたぞ』

顕現はしていないので姿は見えないが、周りに人目がないからと葵も気にせず話しかけてくる。

「ただでさえ昨日遅くまで妖魔狩りに参加させられてたってのにさ。今日は早く帰れると思ったのに」

まあ、昨日遅くまで拘束されていた分、登校時間も遅かったのだが。

「お腹減った～」

『帰ったらすぐにお食事にしましょうね』

雅の優しげな声がささくれ立った心を癒やしてくれる。

近道しようと、人気のない暗い公園に入っていく。

滑り台の横を通り過ぎようとしたところで、華は足を止めた。

それと同時に、葵と雅が顕現する。

「ああ、また夕食が遅くなる……。今日は厄日か？」

華は疲れ切ったように深い溜息を吐いた。

滑り台を見上げると、そこには妖魔の姿が。

どうしてこうタイミングが悪いのかと、華は恨めしげな目を向ける。

「しかもなんか強くない？　昨日の雑魚とは大違いじゃないの。こんな強い妖魔が学校も近い公園に現れるってヤバいでしょ」

華が見たところ、Aクラスの生徒でも対処が難しいと感じるほどかなり強い妖魔だった。

「そのようですね。きっとこれも当主の代替わりが影響しているのかもしれませんねぇ」

強い強いと言いつつ、華も、そして雅ものんびりと会話している。

ただ一人葵だけが警戒心をあらわに背にあった剣を抜き、妖魔へと向けた。

「葵、一人で大丈夫？」

「問題ない」

「じゃあ、お願い」

やる気満々の葵にすべて任せることにした。

葵は不敵な笑みを浮かべて妖魔に対峙する。

「下りてこい化け物。俺様直々に相手してやる」

しかし、妖魔の視線は華へと向けられていた。

華の中にある強い力を感じ取っているのだろう。

葵はそんな妖魔から華を隠すように移動する。

「主に相手してほしかったら先に俺を倒してからにしろ。まあ、お前ごときじゃ無理だろうけどな」

「葵、無駄口叩いてないでさっさと倒しちゃって。お腹減った」

「主〜。たまには俺にもかっこつけさせてくれよ。昨日は全然活躍できなかったんだから」

「それよりお腹減った〜」

なんとものんきなものだ。

普通ならば協会の高ランクの術者が相手にしなくてはいけないような妖魔だったが、華は空腹の心配を先にしてしまう程に眼中にない。

それだけ自分の作り出した葵の力に自信があるのだ。

「へいへい。分かったよ」

葵は身長ほどの大剣を持ったまま軽々と跳躍し、滑り台の上にいる妖魔に向けて剣を振り下ろした。

妖魔はそれを紙一重で避けたが、葵が手を返して横に一閃した剣に切られる。

しかし致命傷には至らなかったのか、滑り台から飛び降りた妖魔は華に襲いかかってきた。

華は表情も変えずそれを結界に閉じ込める。

「展開」

一瞬で結界に閉じ込められた妖魔は結界から抜け出そうと暴れるが、人目のない今、力を抑える必要のない華の張った結界は強力でびくともしない。

そんな妖魔へ葵が剣を振り下ろした。

華の式神である葵は華の張った結界に阻まれることなく、剣は結界をすり抜け妖魔だけを切り裂いた。

妖魔が完全に消えたことを確認すると、華も結界を消す。

無事に妖魔を倒したわけだが、葵は不機嫌そう。

「どうしたの？」

「俺が倒したかった」

「ちゃんと倒したじゃない」

「主が結界で封じてたからじゃないか。ノーカンだ、あんなの」

「はいはい。また今度機会があるわよ」

とっとと帰りたい華はおざなりに言葉をかけてきびすを返した。

そして振り返った先に人がいることに今気が付いた。

今までのあれこれを見られていたのではないかと慌てふためく。

「やばっ」

「主様、公園に目隠しのための結界を張っていなかったのですか？」

雅に問われて、失敗を悟る。

「忘れてた！」

普段、葵達が顕現する時や妖魔と戦う時には、誰かに見られないように必ず周辺に結界を張るようにしている。

しかし、今回はその結界を張り忘れてしまった。

ヤバいと思ったが後の祭り。

しかも、よくよく顔を見てみると、その人物は一ノ宮の当主、一ノ宮朔ではないか。

「今のはお前がやったのか？」

「え、えーっと……」

「そっちの二人はお前の式神か？」

葵と雅は妖魔もいたことから力を抑えていない。

当主ほどの力を持つ者となれば一目見れば人間か式神か判断できるだろう。

追い詰められた華が取った行動は……。

「違いますぅぅぅ!!」

脱兎のごとくその場から逃げ出すことだった。

「主!?」

「主様！」

慌てたように葵と雅も後を追った。

しばらく走ってから振り返る。

どうやら追っては来なかったようで、華はほっと一息ついた。

「主様、あれ完全に見られていたようですが、どうなさいますか？」

雅も予想外のことに心配そうにしている。

「大丈夫……だと思いたい。暗くてあまり顔もはっきり見えてなかっただろうし、襲名披露で私のこと見てたかもしれないけど、たくさんいた女の中の一人なんか覚えてないよ……多分」

自信はない。

だが、そうあってほしいという願望にかけるしかない。

「あああぁ～。しくじったぁ～」

これまで慎重に慎重を重ねて隠してきたというのに。

やっぱり今日は厄日かもしれない。

落ち込みながら華は家路についた。

＊＊＊

朔は、柱石を護(まも)る五家の一つ、一ノ宮に長男として生まれた。

幼い頃より、恵まれた術者としての資質を持ち、早くから次期当主として扱われてきた。

それというのも、朔の父親は一ノ宮に生まれながらも、術者としての才能には恵まれず、柱石の結界を護るのだけで手がいっぱいだったのだ。

それ故、一族はできるだけ早く朔が一人前になり、柱石の結界を引き継ぐことを望んでいた。

そんな期待に朔は応(こた)え続け、最年少で五色の術者として認められ漆黒の証(あかし)を手に入れた。

惜しむらくは四色の瑠璃(るり)色を最年少で取れなかったことだろうか。

それは分家である一瀬の息子の記録を超えることができなかったからだ。

だがその分、五色に上がったのは異例の早さだった。

それから数年術者として働き経験を重ね、この度結界師として当主及び、柱石の結界を引き継ぐこととなった。

他の当主と比べて最も若い当主の誕生だった。

当主の引き継ぎは粛々と行われ……なかった。

なんと、父親が当主を下りることを拒否したのだ。

当主となれば一族の権限のすべてを握ることになる。

父親は術者としての力は弱かったが、権力欲だけは誰よりも強かったのだ。

しかし、朔の母親である妻にはめっぽう弱かった。

朔もこの気の強い母を苦手としていたので父親の気持ちはよく分かったが、この時ばかりは母の存在に救われた。

妻に叱咤(しった)されたことでしぶしぶ当主の座を譲った父親は、傷心旅行だと言って朔が当主になるのを見届けることなく旅立ってしまう。

朔としては邪魔者がいなくなったので清々した。

おかげでスムーズに当主の引き継ぎはなされて、朔が柱石の結界を担うことになった。

当主襲名披露式では、母親が率先して準備に奔走してくれたおかげで朔は柱石の結界のことだけを考えることができた。

それは本当に助かったのだ。それだけは。

しかし、自分を囲む女性達を見て、母親にすべて任せたのは失敗したと後悔した。

朔もよく分かっている。

朔には伴侶がおらず、当主となった以上、早急に伴侶を決める必要があることを。

分かってはいるが、目をギラギラとさせた女性達を前にしては、げんなりとしてしまう。

それに、朔は昔からあまり女性に興味を感じられなかった。

別に男が好きというわけではない。

ただ、昔から自分の伴侶の座を狙った女性達の醜い争いを間近にしていたら、苦手意識を持つのは仕方のないことだ。

金と権力にしか目がいっていない女性達を前に、共に人生を歩んでいこうという気にはならなかった。

なので、朔は割り切って伴侶となる女性を決めようと考えていた。

当主の妻として、そして次の当主を産む母としてふさわしい、優秀な力を持った術者であること。

その一点だけは妥協しないと。

そして、襲名披露式では、以前から噂が耳に入ってきていた、分家の娘を呼んだ。

分家でありながら、人型の式神を作り出した優秀な術者のことを。

一瀬葉月と名乗ったその娘に、式神を見せるように命じる。

顕現したのは確かに人型の強い力を持つ式神だった。

けれど、その強さは朔が理想とする合格ラインには遠く及ばないものだった。

期待していただけに残念な結果となった。

そんななか朔が不意に視線を移動させると、朔に群がる若い女性達の中で、一人だけ自分には無関心で黙々と食事を取っている女性がいた。

そのことに興味を惹かれながら、先程の葉月と似た顔をしたその女性に、あれが噂の落ちこぼれの片割れかと理解した。

しかしなぜだろう。朔には彼女がそこまで弱いようには感じられなかった。

とはいえ、双子の片割れの存在はすぐに頭の隅に追いやられる。

それから間もなく、妖魔の動きが活発になってきた。

これは当主交代の際には必ず訪れる、当主となった者が最初に越えねばならない試練のようなものだ。

仕方なく、柱石の結界を張り直す傍ら、妖魔への対処にも乗り出す。

その日は廃屋に妖魔が集まっているという情報を得て動いたが、朔が着いた時には混乱状態に陥っていた。

質より量の妖魔を滅しながら、逃げ惑っていた生徒達を見て、この程度の妖魔で逃げ惑っていて大丈夫なのかこいつらはと、心配になってきた。

自分が学生の時は、生徒の力量ももう少しあったように思うが、後にあれはCクラスの生徒だと聞いて朔は納得した。

それならば仕方ないかと。

しかし、そんなCクラスを呼ばねばならないほど妖魔の出没が多くなっていることに危機感を覚える。

できるだけ早く、結界を完全なものにしなければならない。

けれど、そのために力の強い伴侶の存在は不可欠だった。

そして、朔は出会う。


廃屋での戦いの翌日、公園から昨夜の妖魔とは比べものにならない気配を感じ、慌てて向かった。

けれど、そこで目にしたのは、いとも簡単に妖魔を倒した三人の姿。

朔はその内の二人は式神だとすぐに分かった。

二体もの人型の式神を持つ者など朔の耳に入ってきていない。

そんな者がいたらすぐに当主である自分の所まで話が回ってくるだろうに。

いったいどんな人物かと近付けば、黒曜学校の制服を着ている。

年下であることに驚くと共に、どこかで見たことのあるその顔が、誰だか思い出せない。

詳しく話を聞こうとしたら逃げられてしまった。

「ご主人様、追う？」

ひょっこり顕現したツインテールのメイド姿の少女は、朔の式神である椿だ。

「いや、家に戻ってから調べさせる。黒曜の制服を着ていたからすぐに見つかるだろう」

「ご主人様、なんかものすごーく悪い顔してる……」

朔は不敵に口角を上げていた。

「すぐ帰るぞ」

本家に帰れば、自室に戻る前に母親に捕まってしまった。

この後に言われることはなんとなく想像がついている。

「朔、花嫁となる方は見つかったのかしら？」

ここ最近毎日されている質問だ。

昨日の今日で見つかるはずがないだろうに。

しかし、この日の朔の答えは違った。

「ええ。少し気になっている娘がいます」

母親はいつものように否定の言葉が返ってくると思ったのだろう。

予想外という顔で目を丸くした。

「あら。いつの間に……。どこのどなた？」

「さあ？」

「さあって。どういうことなの？」

「これから探すんですよ」

それを聞いて、期待外れだというように母親は目を細める。

「それではこれまでと同じではないですか。いいですか、柱石の結界を完全なものにするために伴侶は不可欠です。このまま決まらないようでしたら、一瀬家の葉月さんを迎えることも考慮に入れなさい。人型の式神を持つ彼女なら不足はないのですから」

「そうですね、一瀬家。ん……一瀬家？」

走馬灯のように一瀬家の娘と、その双子の片割れの顔が脳裏を過る。

そして、朔はくくくっと笑った。

突然笑い出した朔に、母親は不審そうな顔をする。

「なにを笑っているのですか」

「いえ、母上を笑ったわけではありませんよ。灯台下暗し。世間は思ったより狭いと思いまして」

朔は母親に向き直る。

「安心してください。近いうちに花嫁を迎え入れるとお約束します」

「信じますよ？」

疑っている顔だが、朔のあまりにはっきりとした断言に母親はとりあえず納得した様子で去って行った。

朔はすぐに動いた。

「一瀬家の双子の妹を調べろ」

＊＊＊

朔との邂逅から早一週間。

最初はビクビクしながら毎日を送っていた。

いつ朔が目の前に現れるかと登下校時にも無駄にきょろきょろしていて、端から見たらかなりの不審者だったろう。

しかし、華の不安をよそに朔が現れることはなく、取り越し苦労かとすっかり忘れたある日、華の運命を変える嵐はやって来た。

学校の帰り道、華の横をゆっくりと通り過ぎた黒塗りの高級車。

黒曜学校ではそれなりに裕福な家の子も多いので、別に珍しくはない。

現に、華の家も使用人がいる程度には裕福で、葉月などは車で送り迎えをしてもらっている。

華はそういうのは窮屈なのでしていないだけだ。

そんな高級車は、華の横を通り過ぎた辺りでぴたりと停まった。

特に気にするでもなく歩いていると、高級車の運転席から出てきたスーツ姿の男性が、華の前を塞ぐように立ち止まった。

怪訝な表情で見上げる華に、男性は警戒心を取り除こうとするような人のよさそうな笑みを浮かべ問うてきた。

「一瀬華様でいらっしゃいますね？」

初対面の男性に名を呼ばれて警戒するなという方が難しい。

華はいつでも逃げ出せる態勢を取った。

そのことに慌てたのは男性の方だった。

「お、お待ちください！　決して怪しい者ではございません」

「ええ、分かってます。怪しい人は皆そう言うんですよね」

「いえ、本当に違いますから！」

必死で否定するが、華から警戒心が解かれることはない。

「我が主が是非とも華様とお話をしたいと申しているのです。どうか、車に乗ってはいただけませんか？」

「嫌です」

食い気味で否定する。

そして、男性の横を通ろうとしたら、腕を摑まれた。

「ぎゃー、放せ、変態！　変質者ぁぁ！」

「ち、違います。誤解です！　お願いします。少しだけお話を……」

「おまわりさーん！　ここに誘拐犯がいますよ。助けて～！」

華が叫ぶので男性はあたふたとし、余計に華を摑む手に力が入る。

それで華はさらに大きな声を上げるという無限ループに突入する。

そうこうしていると、高級車の後部座席から誰かが出てきた。

「まったく、なにをやってるんだ……」

呆れたようなその声は、ごく最近聞いた気がする。

華も騒ぐのを止めて声の主を見ると、それはこの世で一番会いたくない相手、一ノ宮朔だった。

「げっ！」

華は激しく表情を歪めるが、朔にそれを咎められる。

「おい、げっとはなんだ。本家の当主に向かって」

「あらいやだ。私そんなこと言ってませんわよ。おほほほほ」

笑ってごまかす。

朔からはじとっとした眼差しで見られたが、それ以上の追及はされずほっとした。

しかし、それで華が解放されるわけではなかった。

「話がある。後ろに乗れ」

「拒否権は？」

「先日の公園でのことを周りに言いふらしてやってもいいんだぞ？」

ニヤッと笑ったその顔は、犯罪者すれすれの凶悪なものであった。

朔が公園でのことを周りに言ったとしても、信じる者はいないだろう。なので……。

「え～、なんのことですかぁ？」

すっとぼける華に、朔は目を細めた。

「変質者呼ばわりされたとお前の両親に告げ口するぞ」

「それだけはご勘弁を!!」

そんなことになったら面倒臭いことこの上ない。

「だったらつべこべ言わず乗れ。こっちは暇じゃないんだ」

「別に私が来てほしいと頼んだわけじゃないのに、偉っそうに」

ボソッと文句を言うと。

「なにか言ったか？」

「いいえ、なにも！」

小さな呟きすら拾ってしまう地獄耳に恐れおののきながら、華はしぶしぶ後部座席に乗った。

運転手は乗ってこず、車内は華と朔の二人だけ。

いったいなんの用があるのかと、華が緊張しているとすぐに朔は話し始めた。

「だらだら話すのは苦手だ。単刀直入に言う。俺の嫁になれ」

「やだ」

「…………」

コンマ一秒も考える暇のない、あまりに早い切り返しに朔は絶句。

その隙をついて、ドアに手をかけた。

「じゃあ、そういうことで。話がこれだけなら失礼します！」

「あっ、こら待て。まだ話は……」

朔がなにやら言っていたが、待てと言われて素直に待つはずがない。

過去最高の速さで車から出ると、家に向かって走り出した。

『主……』

姿を隠している葵から、なにか言いたそうな空気が伝わってくる。

「私はなにも聞いていない。聞いていないったらいないのよ！」

まるで自分に暗示をかけるように両手で両方の耳を押さえた。

なにかとんでもない空耳が聞こえた気がしたが、それはきっと気のせいなのだ。そうである。そうに違いない。そうであってくれ。

ひたすらに華は願った。

＊＊＊

そんな悪夢のような一日が終わった翌早朝。

華は葵と雅を家に置いていくことを告げた。

そうすれば案の定、二人から不平不満が噴出する。

「どうしてですか？　主様」

「俺は絶対ついていくからな」

「だーめだって」

「だからなんで!?」

葵は納得がいかないのか、意地でもついてきそうな勢いだ。

「昨日、本家の当主が来たでしょう？」

「それがなにか関係があるのですか？」

雅はこてんと首をかしげる。

「気付いてなかった？　あの人、姿を消してた葵と雅のいた場所を正確に目で追ってたのよ」

「!!」

二人は気付いていなかったのか、声もなく驚いている。

「あの人がなんのつもりで私に会いに来たのか分からないけど……」

「嫁にするためでは？」

「うんうん。そう言ってたよな」

雅の言葉に葵が頷く。

「んなわけないでしょ！　葉月ならまだしも、あんな冗談真に受けないわよ」

嫁になれなどという世迷い言をそのまま受け止めるほど華も馬鹿ではない。

なにか他の理由があるはずだ。

「とりあえず、なにしに来たのかが分かるか、もう来ないと確信できるまでは二人を連れて行かない。二人の存在がバレたら私の将来設計が大きく狂うことになるんだから」

「ちなみに主の将来設計って？」

葵が問う。

「術者とは関わりのない生活を送ること。普通の会社に就職して、定年まで稼ぎまくって、そのお金で老後はお一人様生活を満喫するの！」

「あら、結婚はなさらないのですか？」

力強く語る華の将来設計の内容に結婚が含まれていないことに、雅が疑問に思ったようだ。

「結婚なんてしたら、あなた達のことをどう説明していいか分からないもの。最悪そこから話が両親に伝わって、家に連れ戻されるかもしれない。私はあなた達がいれば寂しくないし、独身を貫き通すわ」

「そううまくいきますでしょうか？」

「やってみせる。老後は悠々自適にのんびりと送るんだもの」

華の意思は固い。

戦いの世界に身を置くつもりはない。

安全かつ自由に生きていきたいのだ。

「そのために、悪いけど二人はしばらくお留守番しててね」

二人はやれやれという様子で最後は頷いてくれた。

しかし、誰も連れていかないのは心配だからと、普段は留守番のあずはが一緒についていくこととなった。

小さなあずはは、髪にとまりじっとしているので、一見すると髪飾りのようにしか見えない。

そんなあずはを連れていつも通り学校へ向かい、放課後帰ろうとすると、昨日と同じ黒塗りの高級車の隣で腕を組んで仁王立ちする朔が待ち構えていた。

朔は視線だけを動かしてなにかを探すような素振りを見せた。

「今日はあの二人は連れていないんだな」

ドキッと心臓が弾む。

「な、なんのことですか？」

やはり二人の存在に気が付いていたことが分かる。

そんな朔相手にとぼけたところで意味はないのかもしれないが、自分から二人の存在を明かす気はない。

「……まあ、いい。それより昨日のことだが」

「ああ、昨日の空耳ですか？　最近耳が悪くなったようで、すみませんでした」

「空耳じゃない。俺の嫁になれ」

「………………」

華は無言で逃げ出した。

「おい、こら！」

今日は昨日と違い朔が追ってきた。

足の長さの差か、すぐに捕まりそうになったので、仕方なくあずはに命じる。

「あずは、幻惑」

『はい。あるじ様』

髪から離れたあずはが、周囲をひらひらと舞うように飛ぶ。

それと共に辺りに霧がかかり、華の姿を隠してしまった。

「なに!?」

朔の驚いている声が聞こえたが、それは走るにつれ気配が遠くなっていった。

逃げおおせたと喜んだ、そんな翌日。

またもや朔の姿が遠目に見えた。

華はくるりときびすを返して、違う方向から家へと帰った。

さらに翌日。

その違う道に朔が待ち構えており、開口一番「嫁にしてやるから話を聞け」というので、「ノーサンキュー」と言って、あずはの力でその場を去った。

さらにさらにその翌々日も朔は現れ、「嫁になれ」と同じ言葉を繰り返してきたので華は脱兎（だっと）のごとく逃げた。

華が逃げ、朔が追うという行動は何日も繰り返され、さすがに嫌気がさしてきた頃、ようやく華は腹をくくる。

朔がいったいなんのつもりで華を付け狙うのか、その真意を問いただそうと思ったのだ。

その日も華の前に現れた朔に、華は逃げることなく向かい合う。

「もう追いかけっこは終わりか？」

楽しげに口角を上げる朔を前に、華は降参だというように両手を上げた。

「もうこれ以上ストーカーされるのは疲れたので、ちゃんと話聞きます」

「最初からそうしてればいいんだ」

傲岸不遜(ごうがんふそん)にそう言ってふんと小さく鼻を鳴らす。

「乗れ」

顎(あご)で指示する偉そうな朔にイラッときたが、心を静めて言う通りに車に乗った。

車が走り出し、着いたのは高級料亭。

その店の個室へと案内された。

「なにか食べるか？」

「いえ、結構です」

「そうか。ここのわらび餅(もち)は美味(おい)しいと評判なのだが。いらないなら俺だけ……」

「やっぱり食べます」

　甘いものには目がない華はころりと意見を変えた。

　しばらくしてわらび餅と煎茶がやって来て、二人きりとなる。

　しかし、華の視線はわらび餅に釘付けだ。

　スマホを取り出し、パシャパシャと何度も写真を撮るのを、朔は呆れた様子で見ていた。

　そして、ようやくスマホを置く。

「満足したか？」

「はい。では、いただきまーす」

　と、とろけるような表情で、わらび餅を堪能する。

「……で、……だ。って、おい！」

　わらび餅に陶酔していたら突然脳天をチョップされた。

「痛い！　なにするの!?」

「俺が話しているのに聞いていないからだろ！」

「だからって暴力反対！　訴えるわよ」

「やってみろ。一ノ宮の当主を訴えたところで負け戦決定だがな」

「くぅ」

悔しいが朔の言っていることが正しい。

一ノ宮の当主とは、たとえ己が悪かろうが、黒を白にしてしまえる権力を持っているのだ。

「ならそんなお偉いご当主様がなんで私みたいな小娘に構うんですか！」

「敬語はいい。さっきから敬語だったりため口だったり混ざってるぞ。普通に話せ」

「じゃあ、遠慮なく。ねぇ、なんで？」

それならと、華はためらいもなく敬語をどこかに放り投げた。

「ほんとに遠慮がないな。……いや、まあいい。もう一度言うぞ。俺の嫁になれ。契約結婚してもらいたい」

「契約結婚？」

意味が分からない。

「……聞きたいことが多すぎてなにから聞いていいか分からん」

「最初から説明する。今度はちゃんと聞いていろよ」

「はいはい」

さすがにわらび餅を食べている場合ではないと、菓子楊子を置いた。

「俺が最近当主になったことは当然知っているだろう。そして、当主が代替わりすると、結界が弱まり妖魔の活動が活発になるということも」

「うん」

「俺は今結界を完全なものにするために力を注いでいるのだが、それは本来一人では行わない。これは本家でも一部の者しか知らないことだが、伴侶となる者と共に結界に力を注ぐことで完成させるんだ。しかし、俺はまだ伴侶がいない。だから早急に強い力を持った伴侶を得る必要がある。そこで目を付けたのがお前だ」

「はい、質問！」

そう言って華は手を挙げる。

「なんだ？」

「別に強い力を持ってたら、伴侶じゃなくても結界は張れるんじゃないの？」

「結界を完全なものにするには陰と陽、つまり男と女の力を必要とする。その力はできるだけ拮抗しており、より近しい存在がいいとされている。俺に姉妹がいればそれも可能だったかもしれないが、俺には弟しかいない上に力量の差が大きい。そして血縁者以外で結界の補佐ができる例外が、伴侶となる者なんだ」

「お母さんじゃ駄目なの？」

「母は力が弱い。俺とでは力の差がありすぎて逆に新たな結界の邪魔になってしまう」

彼の言いたいことはなんとなく分かった。

結界のために、力のある奥さんがほしいということ。

それもできるだけ早くに。

だから襲名披露式で花嫁探しなどが行われたのだろうと納得する。

「で、それがなんで私に嫁になれなんてことになるの？」

「お前が妖魔を祓うのを見た。それにお前の式神も。そこにもいるな、式神が」

朔の視線が華の頭に向けられたので、華は頭に指を近付け、あずはを指に乗せる。

「見ての通りこの子は最下位ランクの式神よ」

「俺を他の奴らと一緒にするな。抑えてはいるが、かなりの力を内包しているのが分かる」

さすが一ノ宮の当主といったところか。

あずはの力にも気が付いているようだ。

「お前も隠しているようだが、相当な力を持っているな」

「気のせいよ」

「なぜ隠す。それほどの力があれば、姉の残りカスなどと言われることもないだろうに」

彼を相手に隠すことは難しいと悟る。

どんなにはぐらかしても、強い力がある前提で話を進めてしまう。

華は深く息を吸って、大きく吐き出した。

「葉月では駄目なの？」

「駄目だな。式神を見せてもらったが、あの程度では俺が必要とする力には遠く及ばない」

「私もそうだとは思わないの？」

「思わないな。相手の力量を見誤るほど経験は不足していない。お前はあの姉よりずっと強い力を持っている。俺が伴侶として欲しいと思わせる人材だ。なにより、俺に媚(こ)びないその姿勢が面白い」

いっそ清々(すがすが)しいほどの自信家。

当主は五色の漆黒持ちと聞いていたので、自分への揺るぎない自信があるからなのだろう。

そんな彼に対し、華が言えることは一つだけ。

「お断りします」

「理由は？」

「私はこの力を誰かに見せびらかす気はないの。今の学校を卒業したら、術者とは関係のない生活を送って、普通に就職して、定年退職したらどっか田舎に家でも建ててのんびり老後を暮らしたいの。その計画の中にあなたの嫁になる予定はないわ」

華はきっぱりと断る。

朔を見据えるその眼差しは揺るぎなく、確固たる意思が見えた。

「先程も言ったが、これはあくまで契約結婚だ。契約満了時には、それ相応の謝礼を払う」

「必要ないわ。そんなものもらわなくたって、自分の力でなんとかしていくもの」

「どうやって？」

朔はニヤリと口角を上げた。

なんとなく嫌な予感がする華。

「確か、卒業後は一ノ宮グループのどこかの会社に就職希望だったか？」

なぜ知っているのか。いや、愚問だろう。

一ノ宮に迎えようという嫁のことを調査しておかないはずがない。

「そ、そうだけど……」

「手を回してどこにも就職できないようにしてやってもいいんだぞ？」

「なっ！　そんなの卑怯！」

華は焦りの色を浮かべ、思わずテーブルを叩いて身を乗り出した。

「なんとでも言え。俺は欲しいものはどんな手を使っても手に入れる主義だ」

「迷惑だー！」

「……契約満了時には謝礼として十億円。さらに好きな土地にお前名義の家も建ててやる。一ノ宮で働きたいなら、好きな仕事を用意する。老後を遊んで暮らせるぐらいの給料と退職金付きだ」

「…………」

美味しいかも。と思ってしまった華は我に返って頭を振る。

「いやいや、騙されない。あなたの手伝いをしたら術者として動かなきゃいけなくなるじゃない！」

「今となにが違う？　そもそも普段から妖魔に狙われているんじゃないのか？　公園でもそうだったのだろう？」

「うっ……」

反論の言葉が出てこない。その通りだからである。

「ちょっと周りがうるさくなるだけだ。それに当主の妻ともなれば、実家が口を出してきても俺が護ってやれるぞ。どうだ、落ちこぼれと思い込んでいる両親が、当主の伴侶となると知った時の顔を見たくはないか？」

見たいか見たくないかと聞かれたら、ものすごく見てみたい。

散々無関心を貫いていた華が朔に選ばれる。かわいがってきた葉月ではなく華がだ。両親からしたらこれ以上ない嫌がらせになる。

「それに、いつまでも隠せると思うなよ。勘の鋭い奴は俺だけじゃない。いつか気付かれる。その時、一ノ宮がバックについていたら安心じゃないか？」

「それは……」

華は頭を抱えだした。

朔の言う懸念がないわけではない。

朔が気付いたことで、他にも華の力に気付く者がいるのではないかと心配になったのは確かだ。

「……私はこれまで散々馬鹿にされてきたの。それなのに力が覚醒したからって手のひら返しして利用されるのはまっぴらなの」

「ああ。俺ならそんな奴らから護ってやれる」

「老後は田舎で式神達と悠々自適にのんびり暮らしたい」

「契約が満了したら、好きにすればいい。家も金も用意してやる」

華の願い一つ一つに、朔は応えてくれる。

これ以上の好条件ありはしない。

反論の言葉が出てこない。

「くぅ。なんか悔しい〜」

この話を受けるのが最善だと分かっているが、朔の思い通りになったようでしゃくだ。

「悔しがる必要なんかないだろ。お前はたくさんのものを手に入れることになるんだ」

「その分、失うものも大きい気がする……」

「とりあえず契約成立ということでいいか？」

朔は右手を差し出してきた。

華は少しためらいつつも、その手を握り返した。

「約束は守ってよ？」

「分かっている。これから頼むぞ、華」

なんの裏もない笑顔で名を呼ばれ華はドキリとした。

しかしそんな素振りは見せまいと、そっと視線をそらした。

「こちらこそ。……一ノ宮さん」

「やり直し！」

なにを不満げな顔をするのか華には理解できない。

「はっ？」

「これから結婚しようってのに一ノ宮さんはないだろ。朔だ」

「どうでもいい気がするんだけど……。分かった、朔ね、朔」

すると、なぜか朔は眉間にしわを寄せる。

「呼び捨てか。普通さん付けしないか？　一応年上なんだが」

「細かいこと気にしてるとハゲるわよ。いいでしょ、その方が対等な契約相手らしくって」

「まあ、それもそうだな」

こうして、なんの因果か、華は一ノ宮当主、朔の契約嫁となることになったのだった。

三　章

話し合いを終えた華と朔は、店を後にし、現在は車の中。

そこで華は朔から紙を二枚手渡された。

「なにこれ？」

「結婚に関する契約書だ。ちゃんと書面にしておいた方が安心だろ？　確認して納得したら最後にサインしろ」

「こんなのいつの間に作ったの。えっと、なになに。成功報酬に関して……」

これは先程朔が言っていたように、十億円と土地と建物、就職先の斡旋といったことが書いてあった。

「契約期間は、結界の維持に私の力が必要なくなるまで？　でいいの？」

「ああ。最初にきちんとした結界を張ってしまえば、後は俺一人で維持できるからな」

「なるほど、了解。あっ、ちなみに朔って何歳？」

今更すぎる質問。しかし、本家の当主の年齢などこれまで興味なかったのだから仕方がない。

「二十四歳だ」

「思ったより若い」

「老けていると言いたいのか？」

ギロリと睨まれてしまい、華は慌てて訂正する。

「そうじゃなくて、当主になるぐらいだからもっと年齢を重ねてるのかと思ったの」

「まあ、俺は天才だからな」

得意げな顔をする朔に、華は毛虫でも見るような眼差しを向ける。

「なんだその眼差しは」

「自分で言ってて恥ずかしくないの？」

「事実だから問題ない。そんなことより確認はしたのか？」

「うん。はい」

同じことが書かれた二枚の紙にサインして、両方を渡すと、朔も華の名前の隣にサインをした。

「これをお互い持っておくこと。次にこれにサインだ」

そう言って渡されたのは婚姻届。

「えっ！」

本物の婚姻届に華も動揺する。

夫の欄にはすでに朔のサインが書かれていた。証人の欄にも。

「さっさと書け」

「うぇぇ。もう書くの？」

「当たり前だ。そういう契約だろうが。嫁にならなきゃ契約も始まらないんだ、今になって怖じ気づくな」

怖じ気づくなと言われても無理がある。

確かに了承したが、本物を見せられると現実なのだと思い知らされて手が震えてしまう。

「早くしろ」

「わ、分かったから。焦らせないで」

失敗しないように慎重に書き上げて朔に渡す。

朔はじっくりと確認してから満足そうに口角を上げた。

「よし。これは今日中に役所に出しておく」

少し前まで十代のうちは親の承諾を必要としたが、法の改正で、十八歳以上を成人と認めるようになったため、現在十八歳の華は親の承諾を得なくても婚姻届を出すことができるのだ。

「後はお前の両親に了承を得るだけだな。まあ、事後承諾だが」

華の家の前に着くと、華だけを降ろした。

「今度の休みに家に行くから、ちゃんと家で待っていろよ」

親への挨拶より先に婚姻届を出すとは。

両親が認めないとは微塵も考えていないのだろう。

いや、認めようが認めまいが関係ないという方が正しいか。

年齢は若いが、朔の方が両親より立場は強いのだから。

離れの家に戻ってきた華を、葵と雅が迎えてくれる。

「今日は遅かったですね。心配していたのですよ」

「ごめんね、雅。ちょっと不測の事態が起きちゃって」

「妖魔ですか？」

「いや、それが……」

どう説明したものかと口ごもる華の肩に乗っていたあずはがしゃべる。

『あるじ様が人妻になっちゃった』

「は？」

雅では理解ができなかったようで、呆けた顔をする。

「あずは姉、どういうことだ？」

葵が怖い顔ですごむ。

葵と雅は最初に式神となったあずはに礼を尽くしており、姉と慕っている。

『あるじ様がね、お金に目がくらんでお嫁さんになったの』

「ちょっと、あずは……」

葵と雅から送られる視線が痛い。

「主、ちゃんと説明してくれるよな？」

「嘘はなしですよ？」

「……はい」

華は、二人の式神に尋問され、今日の出来事を包み隠さず話した。

すると、二人から呆れたような眼差しが向けられる。

「主、それ絶対騙されてる」

「私もそう思います……」

「うっ……」

二人の残念な子を見るような目が華の心に突き刺さる。

いや、確かにこんな割のいい話、信じる方が馬鹿を見るかもしれない。

「でもでも、本当なら老後は皆で遊んで暮らせるし」

ここまで来たら意地でも騙されたと思いたくない華は必死だ。

「いや、主がいいなら俺達は従うだけなんだけどさ……」

「もう少し警戒心を持たれた方がいいと思いますよ。でないと、そのうち詐欺にあってしまうかも」

「もう遅いかもしれないぞ、雅。だって婚姻届にサインしちゃったんだろ？」

確認するように葵が華に問う。

「しちゃった」

華はへらりと笑ったが、やっぱり早まったかと、今更になって怖くなってきた。

「ど、どうしよう⁉」

「俺達に言われても……」

縋られた葵も困ってしまう。

「結婚してしまわれたら後戻りはできませんよ。せめて相談してくださったらよかったのに」

雅も困ったように眉を下げる。

「そうだよねぇ……。そこまで頭が回らなかった」

金に目がくらんだとも言う。

華はしばし頭を抱えたが、考えることを放棄した。

「まっ、なんとかなるでしょ」

はははっと明るく笑ってはいるが、無理やり笑っているようにしか見えなかった。

「雅、大丈夫だと思うか？」

「いざとなれば当主を暗殺して逃げましょうか」

ほわりとした優しげな微笑み顔でえげつないことを言う雅。

華がなにより大事な葵はこくりと頷くのだった。

そして、朔が指定した休日。

華は音沙汰のない朔のことなどすっかり忘れて、アニメを見ながら号泣していた。

「ううう っ、何度見ても泣ける。名作だわ、これ」

見るに見かねて雅が声をかける。

「主様、よろしいのですか？」

「なにが？」

「一ノ宮の当主が来られる日ですよ」

華は雅に言われてやっと思い出したようだ。

「あ～。そう言えばそうだったかも」

「主様……」

「そんな呆れた顔しなくても。だってあれから一切連絡なかったからすっかり忘れてたんだもん。本当に来るのかな？　もしかしてからかわれたんじゃないかと思ってるのよね」

なんてことを話していたら、バタバタと足音を立てて誰かが離れにやってくる。

雅と葵はすぐに姿を隠した。

「華様！」

やって来たのは紗江である。

いつもおっとりとした紗江では考えられない慌てようだ。

「紗江さんどうしたの？」

「今、一ノ宮のご当主様が！　華様もご同席するようにと」

「まじか……」

急いで支度をして母屋へ向かい、当主がいるという部屋に入ると、朔の姿があった。

「うわぁ、ほんとに来た」

口元を引きつらせる華を見て、朔は眉をひそめる。

「来たら悪いのか。まさか忘れたとは……」

「華！　ご当主様に対してなんだその態度は。失礼だぞ！」

そのご当主様の言葉を遮るあなたの方が失礼だろうにと思いながら、部屋にいた父親を見る。

他に母親と葉月も一緒にいたが、兄はいつものごとく不在のようだ。

「早く座りなさい！」

「はい」

やれやれという感じで返事をして、葉月の隣に座ろうとすると、朔が止める。

「待て、華。お前は俺の隣に座れ」

「えっ？」

裏返った声を出したのは父親だ。

華は朔が来たことで先日の話が本当だと信じ、それを聞いた両親がどんな顔をするかと思うと笑い出しそうだった。

平静を装い、言われるままに朔の隣に座れば、朔が来た理由を知らないらしい両親と葉月は、なんでお前がそこに座るんだと言いたげな眼差し（まなざし）を向けてくる。

実に愉快だ。

「あ、あの、ご当主様。本日はどのようなご用件で？」

辛抱たまらず父親の方から話を切り出した。

朔は不敵な笑みを浮かべると、華を一瞥（いちべつ）してから口を開いた。

「俺の妻として、一瀬家の娘をもらい受けたい」

「そ、それはっ」

顔を明るくする両親。

母親は、葉月の肩を抱いて「よくやったわ」と喜んでいる。

朔の隣にいる華を無視してなぜそこで葉月を褒めるのか。

おいおいと思いながら、華は次の言葉を待った。

「ここにいる華との結婚の了承をもらいたい」

「へ？」

そのぽかんとした顔に、華は笑い出さないように口を真一文字にしてこらえるのに必死だった。

両親は一瀬の娘と聞いて葉月だと思ったのだろう。

一瀬家には華もいるというのに。しかも朔の隣に座っている。

端から両親の眼中にはなかったことを教えられたようなものだ。

けれど、悲しみはない。そんな次元はとうの昔に乗り越えているのだ。

なので、ただただ今の両親のアホ面が楽しくてならない。

「お、お待ちください！　華ですか？　葉月ではなく」

「そうだ」

「いや、しかし、華は術者としての能力も低く、式神は蝶です」

父親は理解が追いつかない様子。

必死で華がいかに出来損ないかを訴えている。

「それに引き換え葉月は人型の式神を持ち、黒曜ではトップの成績を収めております。ご当主様の伴侶には葉月の方がふさわしいと思います！」

「それでも俺は華を選んだ。それに、結婚の了承をもらいに来たとは言ったが、すでに婚姻届は出して受理されている。つまり、華はすでに一ノ宮の人間だ」

本当に婚姻届を出したのかと、ここに来て朔の本気を理解する。

「なっ、親の了解もなく勝手ではないか！」

顔を真っ赤にして怒りを表す父親。

その怒りの理由ははたしてなんなのか。

少なくとも、華のことを想っての言葉ではないのは確かだろう。

怒る父親を前にしても、朔の様子は変わらない。

傲岸不遜に鼻で笑う。

「散々放置していた娘のことだろう。なにを怒る？　お前達が姉のことだけかわいがっていることは俺の耳にも届いている。お前達がいらぬ妹の方を俺がもらってやるというんだ。むしろ礼をもらいたいぐらいなんだがな」

両親は気まずそうに視線をうろうろさせる。

その様子に、自覚があったのかと華は驚くのだった。

「し、しかし……」

「くどい。そもそもお前達の了解は必要としていない。華はすでに成人しており、婚姻に親の同意は必要ない。そして、先程も言ったように婚姻届は出した。華はもう俺のものだ」

「そんな……」

がっくりと肩を落とす父親に、華は冷めた眼差しを向ける。

あれほどかわいがっていた葉月ではなく、華が選ばれたことがそれほどにショックだったのか。

親としても一瀬の当主としても、父親は判断を間違えたのだ。

もしも華のことも葉月と同じように育てていたら、当主の伴侶を出した家として恩恵を受けられたかもしれない。

けれど、華はそんなことを朔に頼むつもりなどさらさらなかった。

このまま落ちぶれた分家の一つとしてやっていけばいいのだ。

それが華の復讐(ふくしゅう)である。

「話はそれだけだ。華」

「なに？」

「今すぐ荷物をまとめてこい。今日から本家で暮らす」

「はあ!?　今!?」

この傲岸不遜男はなにを言い出すのかと、怒りが湧く。

「急になんて無理に決まってるでしょう！」

「とりあえず数日過ごせるだけの荷物でいい。他の物は後日業者を呼ぶ」

「いやいや、だからって」

「いいから行ってこい」

この偉そうな男と結婚してしまったことへの後悔が押し寄せてくる。

しかし、この家にいたところで後々居づらくなるだけだと考え直して、しぶしぶ離れへと戻る。

「やっぱりまずったかなぁ。けど今さらなかったことにできないし。……それに報酬がなくなるのは困る」

お金の力って怖いと思いながら、とりあえず必要な学用品と数日分の荷物をまとめていると、後ろに気配がした。

振り返れば、葉月が立っていた。

「どうしたの、離れに来るなんて初めてじゃない？」

「どうして？　……どうして華なの？」

「なにが？」

葉月が言いたいことを理解していながら聞き返す。我ながら性格が悪いなと、華は小さく笑った。

そのことが葉月の怒りに火を付ける。

「なに笑ってるのよ。馬鹿にしてるの？　今からでも遅くないから私に譲ってよ。華なんかがご当主様の伴侶になってやっていけるはずがないじゃない！　身の程をわきまえないと。華は弱いんだから」

「……弱いから、自分の方がふさわしいって？」

「そうよ」

「ねぇ、それ本気で言ってるの？」

華は真剣な眼差しで葉月を射貫く。

普段とは様子の違う、どこか迫力のある華の様子に葉月は気圧される。

「な、なによ。本当のことでしょう？　華より私の方がご当主様にふさわしい力を持ってるもの。華じゃ役立たずじゃない」

「確かにそうかもね。……けど、葉月は本当に朔と結婚したいと思ってるの？」

「当然じゃない。だってご当主様に選ばれるのはとても名誉なことだもの。それに私が伴侶となれば一瀬家のためになる」

「一瀬家のため、ね」

華は深く溜息を吐いた。

「なによ」

「ねえ、葉月。いい加減そういうの止めにしたら？」

「なにが……」

葉月は分かっていない。これまで散々苦言を呈してきたが、葉月の心には刺さらなかったようだ。

「誰かのためって言うの。家のため、お父さんのため、お母さんがそう言うから、周りの友達がそう期待するから。いつも葉月の行動に自分の意思は伴ってないじゃない」

「そんなことないわよ！」

「このままだと、ずっと葉月は葉月じゃなくなるわよ」

華は忠告する。

もしかしたらこれが最後になるかもしれないと思いながら、道が分かれた自分の半身に向かって心からの忠告をした。

「どういう意味？　私は私よ。そんなの当たり前でしょう」

伝わるとは思っていない。

けれど、いつかこの言葉の意味に気付いて欲しい。

「ねぇ、葉月。昔はよく一緒に話をしたよね。その時葉月はよく言ってた。皆の期待が重いって。嬉しいけど辛いって。いつから葉月は文句を言わなくなったの？」

「………」

葉月は答えない。

「私が言えるのはそれだけよ。じゃあね、葉月」

大切だった私の片割れ。

最後は昔の葉月に向けるようににこりと微笑みかけ、離れを後にした。

母屋へ向かえば、朔が待っていた。

「遅いぞ」

「あらかじめ言っておいてくれたら用意してたわよ」

暗に、突然言い出すお前が悪いと告げているのだ。

それが伝わったのか分からないが、それ以上文句を言うことなく朔は「行くぞ」と外に出る。

「それではお世話になりました」

晴れ晴れとした笑みを残して、華は一瀬の家を出た。

＊＊＊

本家へと向かう車の中で、華は突然声を上げた。

「のあぁー！」

「なんだ？　うるさいぞ」

「誰のせいだと思ってるのよ。あなたが突然本家で暮らすなんて言うから紗江さんに挨拶できなかったじゃない」

最もお世話になった紗江は、華を呼びに来た後買い物に出ていていなかった。

他の使用人にだって、あんなにも世話になっておきながら挨拶の一つもせずに出てきてしまった。

「それならまた会いに行けばいいだろ」

「あんな風に家を出て来た私にのこのこ帰れと？　両親からの嫌みや妬みの言葉が炸裂することになるじゃない」

早々に朔に捨てられたのかと、声を上げて笑われそうだ。冗談ではない。

「なら手紙を書いたらいいだろう」

「それしかないか」

「そんなことより……」

華は朔をギロリと睨む。

「そんなこととはなによ。そもそもあなたが急すぎるから悪いんでしょうが！」

紗江のことを軽く扱われたようで苛立つ。

朔が紗江達のことなど知るわけないので、これはただの八つ当たりである。

しかし、まったく朔が悪くないわけではないので、決して理不尽な怒りではないはずだ。

「分かった、分かった。俺が悪かった。これでいいか？　重要な話がしたいんだ」

「全然よくないけど、とりあえず話を聞くわ」

子供の癇癪のような扱いが気に食わないが、ここでさらに駄々をこねるほど子供ではない。

「これから本家で暮らしてもらうことになる。本家に行ったらとりあえず先に母に会ってもらいたい」

「それは当然だと思うけど、お母様だけ？　お父様は？」

すると、朔は苦虫をかみつぶしたような顔をする。

「あのくそ親父は放っておけばいい。所詮過去の当主の一人でしかない」

「仲悪いの？」

「よくはないな。関わり合いたくない相手だ。できれば今後一生な」

「へぇ、そう」

自分で聞いておきながら華の反応はなんとも興味がなさそうだ。

そんな華を朔はじっと見つめる。

「なに？」

「いや、親とは仲よくした方がいいとか、前当主に対してあんまりな態度だとか、お前はそんな風に言ったりしないんだな」

「だって私がそんなこと言っても説得力ないでしょ」

両親との不仲……というか関心のなさは朔も知るところだった。

なぜ知っているのかと疑問が出てくるが、一ノ宮の当主なのだから分家のことを調べるのは容易いのだろう。

「確かに説得力ないな」

なにが楽しいのか、朔はくくくっと笑っている。

いまいち朔の笑いどころが分からない華だ。

「母との顔合わせが終わったら、一週間後に祝言を挙げる」

これには華もぎょっとする。

「一週間後!?」

「そうだ。できるだけ早いほうがいい。早急に分家にお前の存在を周知させて、結界の強化に集中したい」

結界のための結婚であることを思い出して、華も納得する。

しかし、そこで疑問が。

「質問なんだけど、結界のための結婚なら別に周知させる必要も、祝言を挙げる必要もなくない？　結界が完全になったら離婚するわけだし、黙っておけばお互い余計なことに煩わされなくていいんじゃないの？」

「それは駄目だ。結界のためにはただ婚姻届を出せばいいというわけじゃない。あれはあくまで紙の上での手続きにすぎない。分家の前で伴侶となることを誓うことで、伴侶として認められ、結界にも干渉することができるようになるんだ。だから、祝言を挙げるのは必要不可欠だ」

「そういうものなの？」

なんとも面倒なしきたりだ。

結婚を隠したままでいられたら、後腐れなく離婚もできるだろうと思っていたが、見当が外れた。

当主と結婚することが周知されたら、いろいろ周りがうるさいだろうなと、考えただけでもげんなりしてくる。

「ただ、覚悟はしていてくれ」

華は首をかしげる。

「母や家の者はお前を落ちこぼれとしか認識していない。母は以前からお前の姉を俺の伴侶にと推していた人だ。一瀬の家より居心地は悪くなるかもしれない。できるだけ俺もフォローするが、目が行き届かないこともあるだろう」

「それは仕方ないんじゃない。全然オッケー。問題なし」

深刻に話す朔とは違い、華は全然気にしていない様子。

「軽すぎないか？」

「伊達(だて)にこの年になるまで葉月と比べられてないわよ。嫌みや陰口は日常茶飯事なんだから。それに、朔が護(まも)ってくれるから力を隠す必要もないんでしょう？　やられたら倍返ししてやるわ」

にやりと笑う華には、その程度のことなんの障害にもならないようだ。

それが分かり、朔は穏やかな表情を浮かべる。

「頼もしいな」

「だから、朔は結界のことを考えてればいいのよ。そして私に報酬をくださいな」

「結局はそこにたどり着くのか」

朔は呆(あき)れたように笑うが、それこそが華の目的である。

「当然。ちゃんと約束は守ってよね」

「分かってる。迷惑料込みで色を付けて渡してやるさ」

「やった。さすが一ノ宮のご当主様。よっ、太っ腹！」

ニコニコと笑顔で喜んでいると、不意に朔の手が華の後頭部に回される。

きょとんとして不思議そうにする華の顔に朔の顔が近付いてくる。

あ、まつ毛長いな。などと考えている間に、その綺麗な形の薄い唇が、ゆっくりと距離を詰め、華の唇に触れた。

柔らかい感触が触れたと思ったらすぐに離れていった。

あまりに一瞬のことに、華は目が点になる。

「ななな、なにを⁉」

「なにってキス」

「なんでするの？　する必要あった⁉」

今のどこにそんな雰囲気があったのか。

「いや、だって夫婦なんだからキスぐらいするだろう？」

なにか問題でもあるのかというように朔は涼しい顔をしている。

騒いでいる華の方がおかしいとでもいうように。

だが、決して間違っていないはずだ。

「それは本当の夫婦の場合でしょう？　私達のは契約結婚！」

「だが、ちゃんと婚姻届を出したんだから本物の夫婦であることに違いはないだろう？」

「そ、それはそうだけど。そんなの契約にない！」

「しないとも書いてなかっただろ。なら問題はないはずだ」

「ぐっ……」

それを言われてしまったら華も反論ができない。

「だったら今から契約に追加して」

「嫌だ」

「どうしてよ！」

朔の胸ぐらを摑んで前後に揺さぶる。

「うわっ、止めろこら」

「契約見直してくれないからでしょう！」

「だから嫌だと言ってるだろ」

「あ、あのう……」

邪魔をする第三者の声に思わず華は振り向いて睨み付けた。

その相手は運転手だったようで、睨まれてしまった運転手は申し訳なさそうにドアを開けて、二人が出てくるのをじっと待っている。

「あっ、すみません」

「いえ、こちらこそお邪魔をしてしまったようで……」

「えっ？　あっ」

予想以上に近くなっていた朔を突き飛ばして華は笑ってごまかす。

「お前、当主である俺への扱いが雑すぎるぞ」

ジロリと睨まれたが、華には通じない。

「朔が悪いんでしょ。あ、あんなこと……」

自分で言っていて思い出してしまい顔が赤くなる。

その初々しい反応に、朔は意地悪く口角を上げる。

「なるほど、初めてだったか」

カッと顔に熱が集まる。

「これからが楽しみだな」

「朔！」

恥ずかしさを隠すように朔を怒鳴ることしかできなかった華に、朔は手を差し出した。

「ほら、もう本家に着いたぞ」

急に優しく笑いかけてきた朔に華の心臓が跳ねる。

そして、まるで吸い寄せられるように朔の手に手を乗せた。

ぐっと引っ張られ車の外に出れば、一度だけ来たことのある本家の建物が視界を覆い尽くす。

これからここで暮らすのかと思うと、期待と不安がない交ぜになる。

朔の話を聞く限り、ここの住人は華を快く受け入れてはくれないだろう。

けれどそんなことは最初から分かっていたことだ。それでも朔の話を受け入れたのは華自身。

よりよい老後を手に入れるため、今一度気合いを入れ直す。

「よし。鬼でも蛇でもどんとこい！」

「残念ながら俺の母は鬼でも逃げたくなる人だ」

「……人が気合い入れてるんだから水を差さないでよ」

華は朔にじとっとした眼差し(まなざし)を向ける。

「悪い。一応注意しておいた方がいいかと思ってな」

華のことを思ってのことなので、それ以上の文句は言わないが、この傲岸不遜(ごうがんふそん)な朔にそこまで言わせる母親とはいったい……。

「朔の話聞いたら逃げ帰りたくなってきた」

「もう手遅れだ。諦めろ」

朔は嫌がる華をずるずる引きずるように引っ張って家の中へ入っていく。

「お帰りなさいませ、坊ちゃま」

中へ入れば、とても優しげな白髪の老婆に出迎えられる。

「坊ちゃま……っ」

華は笑いをこらえるあまり肩が震える。

いつも偉そうな朔が坊ちゃまと言われているのがツボに入ったようだ。

朔は頰を赤らめて恥ずかしさに震えながら老婆を怒鳴りつける。

「十和！　坊ちゃまは止めろ！」

十和という老婆は、朔に怒鳴られてもケロリとした顔で、ほほほっと柔和に笑う。

「それは失礼いたしました、ご当主様。それで、そちらが噂の奥方様でございますか？」

「ああ、そうだ。……いい加減笑うのを止めろ」

頭に軽いチョップを受けて、華はようやく笑いのツボから抜け出した。

「華と申します。これからどうぞよろしくお願いいたします」

華も一応一ノ宮の分家の娘。最低限の礼儀作法は習っているので、とても綺麗な礼で十和に挨拶をした。

「これはご丁寧に。私はこの家の使用人をしております、十和でございます。ご用がございましたらいつでもお呼びください」

「これからお世話になります」

互いに挨拶が終わったところで、朔が口を開く。

「挨拶はそれぐらいでいいだろう。母上は？」

「坊ちゃまが奥方様をお連れするのを首を長くしてお待ちですよ」

「十和……」

「ほほほ。そうでしたね、ご当主様」

きっとこのやりとりは何度となく行われているのだろう。

そして、十和が坊ちゃま呼びを直す気がなさそうだということが分かった。

十和の案内でとある部屋前へ。

「奥様。坊ちゃまがお戻りです」

「入りなさい」

どこか冷たさを感じるキリッとした声。

ふすまを開けて中へ通される。

「ようこそ、一ノ宮へ」

一本の後れ毛も許さぬきっちり結い上げられた髪に、つり目がちな気の強さを感じさせる眼差し。

その容姿はどこか朔を感じさせる整った顔立ちで、和服がよく似合っていた。

華を見るその目に優しさは一切感じられず、厳しく華を見据えていた。

華は縫い止められたように足が動かなかったが、朔に肩をそっと押されたことで硬直が解けた。

「はじめまして。華と申します」

緊張で声が硬くなる。

もっと気の利いたことが言えたらよかったのだが、必死で浮かべた笑みが引きつっていないかという心配だけで頭はいっぱいだ。

華が笑いかけても朔の母親は顔色一つ変えない。

「一瀬の、姉の方ではありませんね？」

「はい。妹です」

華が答えると、朔の母親はギロリと朔を睨む。

「朔。あなたは彼女が周りからなんと呼ばれているか知っているのですか？」

「姉の残りカス、出涸らしなんてのもありましたか？」

朔はひょうひょうと答える。

華の力を理解している朔にとって、そんなあだ名など特に意味をなさない。

しかし、母親はそうではなかった。

「分かっていて、なぜその娘を選ぶのです！　私はその娘を一ノ宮へ迎え入れることは許しませんよ。そんな無能は一ノ宮にはふさわしくない」

まさに激昂。

あまりの迫力に華は身をすくませる。

朔が鬼でも逃げたくなると言った意味が分かった。これは怖い。平然と向かい合っている朔が、なんとも頼もしく映った。

「関係ありませんね。母上の許可など求めていない」

それは母親に対する言葉としては、ひどく突っぱねた物言いだった。

当たり前だが、朔の母親は気に障った様子。

「なんですって」

「これは一ノ宮当主である俺が決めたこと。それをたとえ母上といえども口出しはさせません」

「朔っ！」

朔の母親は声を荒げるが、朔が意見を変えることはない。

「話はそれだけです。祝言は一週間後に挙げる予定です」

「私は認めませんよ」

「ならば祝言は欠席していただいて結構です。無理にとは言いません。あなたは当主の母であるが、今後この屋敷の女当主は華になるのですから」

朔は最後まで毅然とした態度を崩さなかった。

「では、失礼します」

朔は華の手を取って立ち上がると、足早に部屋を後にした。

立ち去る前に華が礼をして部屋を出るその時まで、朔の母親の眼差しは厳しいままだった。

「……ねえ、あんなこと言っていいの？」

「仕方ない。母は見た通り頑固な人だからな。華のことを無能と思っている以上、結婚を許すことはない。だが、母の許しを気長に待っている余裕はないんだよ。早く結界を完全なものにしなければ、妖魔の動きが活発になっているのは華も感じているだろう」

華はこくりと頷く。

先日Cクラスである華まで妖魔狩りに駆り出されたのだから、それは嫌でも実感している。

「私が力を示したら問題なくなる？」

ずっと力を隠し続けてきた華だが、期間限定のこととは言え、できるだけ姑とのいざこざは避けたい。

華が力を見せつけることで人間関係が潤滑に進むのならそれもありだろう。

後々起こる面倒ごとは、すべて朔に放り投げればいいのだから。

しかし、母親のことをよく分かっている朔ははっきりと肯定はしなかった。

「そうだな。だが、母は頑固の上に頭の固い人だから、一度無能と判断した華のことをすぐには認めないだろう」

「それはまた、困ったことだわ」

「まあ、いずれ華が無能ではないことを理解するだろう。それまでは辛抱してくれ」

「まっ、それも含めての報酬と思っとく」

努めて明るくそう切り返せば、朔がわしゃわしゃと華の頭を乱暴に撫でまくった。

「ちょっと！」

突然なにをするのかと怒鳴りつけようとしたら、朔があまりにも優しげな微笑みを浮かべていたので気が削がれる。

「華はポジティブだな。羨ましい限りだ」

「……朔は傲岸不遜よね。なに様なんだか」

「ご当主様だ。もっと崇め奉れ」

「無理」

などと軽口を叩きながら時間は過ぎていった。

朔の母親との面会の後に案内された一室は、ここで暮らしていくために用意された華専用の部屋だ。

あらかじめ生活するに不自由ない生活用品がそろえられていたが、これらはすべて朔が手配したものらしい。

「なにか足りない物はあるか？」

「そろいすぎるぐらいそろってる」

普段華が愛用しているメーカーの化粧品まで。

ここまでそろっていると逆に怖い。

「……なんだその顔は」

まるでストーカーでも見るような目をしていた華に、朔は苦い顔をする。

「いや、どこまで調べたのかと考えたら、ちょっと気持ち悪……」

「お前はもうちょっと言葉を選べ。さすがの俺でも傷付くぞ」

「ごめん、心の声がつい漏れちゃって」

「フォローになってない」

と、そんな話をしていたところへ、大きな音を立てて扉が開かれた。

「ご主人様ぁ。椿を置いてどこ行ってたの～？」

ツインテールのケモミミメイドが飛び込んできた。

メイドは朔にぎゅうぎゅうと抱き付いている。

それを目にした華は頬を引きつらせた。

「ご、ご主人様……。ケモミミメイドにご主人様って呼ばせてるの？　朔ってそんな趣味があったんだ。見かけによらず……」

「違う！　断じてお前が想像していることとは違う！」

式神の容姿はできてみないと分からない。華が葵と雅を作った時も性別をどうしようと考えてその通りに作れたわけではないのだ。

なので、ケモミミの女の子ができるのはどうしようもないことなのだが、そんな子にフリフリメイド服を着せているのは……。

「そんな顔してメイド好き……」

微妙に距離を置いた華を見て、朔は慌てて否定する。

「こいつは俺の式神の椿。メイド服はこいつの趣味だ！」

朔は椿を無理やり引き剝がして距離を取る。

「椿、華に挨拶しろ」

「ご主人様の愛人の、椿でーすぅ」

「やっぱり」

「やっぱりってなんだ⁉　椿も勘違いさせることを言うんじゃない！」

朔はクワッと目をむいて、べしりと椿の頭をはたいた。

「痛ぁい、ご主人様のいけずぅ」

語尾にハートが付きそうな声色で話す椿は、かわいらしい見た目に反して、内から感じる力は全然かわいらしくなかった。

華は目を細めて椿を見ながら顎に手を置く。

「葵と同じぐらいか……」

戦闘に特化して作った葵は、あずはや雅よりも多くの力を込めた。

その葵と同等の力を彼女からは感じる。

「あおい？」

華の呟きを耳ざとく聞き逃さなかった椿が首をかしげる。

「えっと、私の式神」

「えー、見たい見たい。どこ？」

どこと椿に問われて華も困った。

葵と雅の存在はこれまで誰にも話したことがなかったのだ。

朔は一度公園でのできごとで見ていたと思うが、わずかな時間だった。

きちんと式神を見せてはいない。

「えっと……」

華はどうしたものかと困ったように朔を仰ぎ見る。

「呼び出してみろ。俺もちゃんと見たわけではないから、確認したいし、椿とも顔合わせさせておきたい。これから一緒に暮らすなら必要だろう」

少し考えて、今さら隠す必要もないかと大事な式神達を呼ぶ。

「……分かった。葵、雅、出てきて」

まず先に、華の髪に飾りのように止まっていたあずはがひらひらと飛んで肩に止まる。

それと同じくして、部屋に葵と雅が姿を現した。

やはりというか、朔にはある程度の場所を特定できていたようで、視線は最初から葵と雅が現れた場所を見ていた。

ムスッとした様子の葵と、にっこりと微笑む雅の表情は対照的だ。

「二人とも、自己紹介」

「華様の式神をしております雅と申します」

雅はとても優雅に一礼した。

「葵だ」

雅とは逆に素っ気ない挨拶をした葵だが、どうやらその一瞬で椿の心を射止めてしまったらしい。

「や〜ん。かっこいい！」

椿は頬を染めて葵に抱き付いた。

突然の行動にそれまで不機嫌そうだった葵は戸惑い、うろたえる。

「はっ、おい、ちょっと離れろ！」

「やだぁ。葵君って言うの？　私のタイプドンピシャなんですけどぉ」

振り回されてもなお、吸盤でも付いているかのように葵に張り付いている。

「ご主人様。今日からご主人様の愛人止めて、葵君の恋人になる〜」

「あー、好きにしろ」

朔は興味がなさそうな様子で手を振る。

「はっ⁉　好きにすんな！　なに勝手なこと言ってやがる。さっさと離れろぉ！」

「もう決めたもーん」

「あ、主（あるじ）！　助けてくれ！」

救援を求め手を差し伸べられるが、華としてもどうしようもない。

雅は楽しそうに微笑みを浮かべているだけだし、朔は興味がなさそうだ。

そして問題の椿はてこでも動きそうになかった。

そもそも主人でもない華が言ったところで、椿は言うことを聞かないだろう。

『嫌なら姿を隠したらいいの』

あずはの言葉ではっとした葵は、一瞬のうちに姿を隠してしまった。

どうやら一番冷静なのはあずはのようだ。

「え〜。葵君消えちゃった」

残念そうに落ち込む椿に、朔が声をかける。

「うるさいからお前も姿を消してろ」

「ひど〜い、ご主人様」

虫を払うように手を動かす朔に文句を言いつつ、椿も姿を消した。

残った式神は、あずはと雅だ。

朔は二人をじっと見つめる。まるでなにかを確認するように。

かなり不躾(ぶしつけ)な視線だったが、雅が微笑みを絶やすことはなくその視線を受け続けた。

そして、朔が口を開く。

「なるほど、かなりの力を持った式神だな」

「当然」

華は自慢げに胸を張る。

葵ほどの強さはないが、あずはも雅も華が丹精込めて作った自慢の式神だ。

「蝶があずはよ」

　すると、ひらひらと、蝶が朔の目の前を飛ぶ。

『あずはです』

「驚いたな。式神の中では低位のはずなのに言葉を伝えてくるのか」

「昔はできなかったんだけどね。私が十五歳の誕生日に力が覚醒して、あずはにもたくさんの力を分け与えたら話せるようになったのよ」

「確かに蝶とは思えない強い式神だ。すごいな」

『えっへん。あるじ様にいっぱい力もらったもん』

　朔に褒められてあずはも得意げだ。

　だが、事実として、つたないながらも言葉を話し、自分の意思で行動できるあずはのような低位の式神は普通ではない。

　華も、あずは以外でそんな式神の話は聞いたことがなかった。

　だから決して朔がお世辞を言っているわけではないのだ。

　すると、それまで微笑んでいた雅が口を開く。

「一ノ宮の当主様」

「朔でいい」

「では朔様と。この度の話はだいたいのことを主様より聞いております。主様は我らにとってかけがえのない大事なお方。決して軽く扱わぬようお願い申し上げます」

「分かっている」

「もし万が一主様が辛く悲しむようなことがあったなら、その時は……」

そこで雅は意味深に深く微笑んだ。反対にその目はまったく笑ってはいない。

その目が、万が一の時は覚悟しておけと暗に告げていた。

「ゆめゆめお忘れなきよう」

「心に留めておく」

最後はいつもの優しい笑みを浮かべて、雅もまた姿を消した。

あずはも再び華の髪にとまり動かなくなる。

「お前の式神はすごいが、怖いな」

「かわいい子達でしょ？」

ふふんと、華は得意げに笑う。

だが、先程の会話でかわいいと評するのは華だけのよう。

「お前に対しては、な。できれば敵に回したくない強さだ。そんな式神が三体か……

確か、十五歳の誕生日に覚醒したと言っていたな」

「うん」

「それまでは噂通りの落ちこぼれだったのか？」

「そうね。一応あずはっていう式神を作り出す程度には術者の能力があったけど、概ね周りの評価通りの力しかなかったわ。まあ、私の場合は優秀な葉月がいたから余計に弱く見られていたのは否めないけど」

双子じゃなかったら。

葉月のような優秀な姉がいなかったら。

もう少し世間の嘲笑の声は少なかっただろう。

華もこんなにひねくれた物の考え方はしなかったかもしれない。

あるいは、もっと早くに力が覚醒していたら……。

けれどその時は、葉月の方が華と比べられただろう。なので、華としてはどっちがよかったかなど判断はできない。

紙一重だったのだ。華と葉月の立場は。

だからこそ、もう関係ないと無関心を装いつつも、葉月に口を出してしまう。

葉月には伝わらないと分かっていながら、本気で無視はできないのだ。

「きっかけは？　なにか心当たりはなかったのか？」

「全然。ほんと急に一皮剝けたように力が溢れ出してきて自分でもびっくりだったもの。予兆もなかったしね」

「そうか。他の者でも突然覚醒する可能性があるのかと思ったが、これだけの話では分からないな」

「過去に私みたいな人はいなかったの？」

朔は首を横に振る。

「いいや、聞いたことないな」

術者の情報が集まってくる一ノ宮の当主である朔がそう言うのなら、いないのだろう。

華のように隠しているなら分からないだろうが、華の場合は特異な例だ。

普通は強い力を得たら喜び、周りへと知らしめるだろうから。

「まあ、理由が分からないんじゃ考えたって仕方ないじゃない」

考え込む朔を見て、華はその話題を切り上げる。

「それもそうだな……」

少し名残惜しそうなのは、本家の当主として、他にも力に覚醒する者が現れたら妖魔との戦いも楽になるのにという考えがあるのかもしれない。

しかし、ここで悩んでも仕方ないことだ。

話題は移り変わる。

「そうそう。休み明けだが、学校は祝言が終わるまで休んでくれ」

「なんで？」

「祝言まで一週間だぞ。やることが多くて学校なんか行ってる暇はない」

「げっ、マジ？」

華は盛大に顔を歪めた。

「明日から分単位でスケジュールが詰まってるから覚悟しておけ」

「えぇ～」

朔の笑みが、華には悪魔の微笑みに見えた。


朔の言う通り、祝言までの一週間は怒濤の忙しさだった。

衣装合わせから始まり、分家を始めとした招待客の顔を覚えたりと、当主の花嫁となる華がするべきことが次から次に襲ってくる。

あまりの忙しさに頭はパンクしそうになり、体は疲弊し、肉体的、精神的にもヘロヘロになりながら一日が終わるということを繰り返した。

その忙しさ故に朔の母親と顔を合わせる機会がなかったのはよかったのか悪かったのか分からない。

いや、今は朔も忙しいようでほぼ見かけない状態だったため、朔がいないところで二人きりとなる悲劇に見舞われないだけ幸いだった。

華を認めない冷たい印象の朔の母親とまともな会話ができる気がしないから。

朔には弟がいるのだが、その弟とは一度も顔を合わせていなかった。

同じ屋根の下で暮らしているので、いずれ紹介されるのだろうが、きっと朔の母親と同じように華を認めてはいないだろうと思っている。

なにせ、家の中の使用人達ですら華を認めてはいないのだから。

一応朔が望んで連れてきた女性として、また、すでに籍を入れていることから、表だって非難することはないし、プロ根性でちゃんと仕事はする。

しかし、華を見る目は凍るように冷たく、蔑みの感情が透けて見えるのだ。

もう少し取り繕えと言いたいほどに、あからさまに歓迎されていない。

華のいないところでは堂々と悪口を言い合っているようで、家の中を散策していた葵が不機嫌な顔をして帰ってくることが多々あった。

葵は、自分の言葉ではなくても、華を非難する言葉を口にしたくないのか口を閉ざしていたが、こっそりと雅が教えてくれた。

葵が華の側を離れる時は雅も一緒についていっている。

家の中での華の陰口を耳にした葵が暴走しないためのストッパー役だ。

しかし、雅もあれで大概思考が危険な方向に向かうことがあるので、本当にストッパー役になっているかは疑問である。

今さら陰口程度のことはどうということもないのだが、式神達は華が蔑まれるのは我慢ならないようだ。

しかも、その蔑まれる中には、あずはも含まれているからなおのことだろう。

普段は華の言いつけ通り力を抑えているあずはは、朔のような勘のいい者以外から見たら、ただの蝶の式神でしかない。

低位の式神を常に連れていることも、華が蔑まれる理由でもある。

隠す必要もなくなったので、あずはが力を抑えなくてもいいのだが、力を示すのは今ではないと思っている。

より効果的に、より衝撃を与えるその時を華は待っているのだ。

なので、それまでは式神達に我慢をしてもらうしかない。

その前に葵が爆発しないかが心配である……。

そして、とうとうやって来た祝言当日。

まだ夜も明け切らぬ早朝から叩き起こされて、準備が始まった。

禊ぎだと言われ、本家の敷地内にある冷たい水が湧く綺麗な泉に放り込まれた時は、華をよく思わない使用人達の嫌がらせかと思ったが、禊ぎが終わった後に温かい白湯を持ってきてくれた十和に、一ノ宮の古くからのしきたりだと教えられてようやく信じることができた。

その後は軽く朝食をすませて、白無垢を着付けられる。

髪を結い上げてまとめ、胡蝶蘭の髪飾りで華やかにして完成だ。

ひらひらとあずはが飛んできて飾りの一部のように髪に止まる。

昔からのあずはの定位置。

今日も変わらず髪に止まって、ずっと一緒にいるようだ。

虹色のあずはが止まることでより華やかな髪になる。

そうこうしていると、部屋に羽織袴姿の朔が入ってきた。

華を見るや、時が止まったようにじっと見つめられ、居心地が悪くなる。

「なに？」

「いや、馬子にも衣装だと思って」

「他に言いようないの？」

こんな時でも口の減らない朔に対して眼差しがきつくなるのは致し方ない。

そうすれば、朔は小さく笑う。

「冗談だ。綺麗すぎて言葉が出なかった」

破顔する朔に華は目を奪われ、心臓が激しく鼓動した。

口が悪く偉そうな朔だが、なんだかんだ言って見た目は極上。その笑顔の破壊力はすさまじいのだ。

動揺を隠すように、華はそっと視線をそらしつつ口を開く。

「さ、朔だって馬子にも衣装ね」

「そこはかっこいいだろう？」

小さく笑い、朔は華の頬に手を添える。

じっと見つめ合う華と朔。

先に口を開いたのは朔だった。

「華……。悪いな」

「なにが？」

「俺の問題に巻き込んだことだ。お前は静かな生活を送っていくことを願っていたのだろう？　だが、お前の存在を知った以上見なかったことにはできない。離してやれない代わりに約束する。お前が幸せであるよう、夫としてできるだけのことをする。だから俺の側にいろ」

その声は静かで落ち着いていて染みこむように華に届いた。

「確かにかなり強引だったけど、選んだのは私。いつか後悔する時が来るかもしれないけど、今はしてない。だから朔は私に後悔させないでね」

頬に触れる朔の手に己の手を乗せて、華はにっこりと微笑んだ。

そうすれば朔もまた微笑み返す。

「もちろんだ。俺を信じろ」

自信家で傲慢なその言葉は、なにより信頼できる力強さがあった。

きっと大丈夫だと、そう信じさせてくれる。

「さあ、行くか。覚悟はいいな？」

差し出された手を華は迷いなく取った。

「どんとこい！」


祝言が始まる。

広間には各分家の主立った者達が集まり、その時を待っていた。

誰もが信じられなかっただろう。

一瀬家の娘が選ばれたと聞き、すぐに姉の方が頭に浮かんだ。

あの優秀な姉ならば、悔しくはあるが仕方がないかと、自分の娘を当主の嫁にしたかった者達も諦めが付いた。

それが蓋を開けたら、姉ではなく妹の方だという。

優秀な姉に常に比べられてきた、落ちこぼれの妹。双子の姉に全ての力を奪われた、姉の残りカス。

それがよりによって当主に見初められたというのだ。

どうして信じることができようか。受け入れることができようか。

当然抗議の声は止まなかった。

しかし、当主たる朔はそんな声を上げる分家の家々を回り、懇々と諭し続けたのだ。

決して落ちこぼれなどではないこと。華を選ばないことこそ一ノ宮のためにならぬのだと。

しかし、そう言われてすぐに受け入れられるものではない。

実際に納得した者はほとんどいないだろう。

ただ、当主がそこまで言うならと、しぶしぶ受け入れさせられたという者ばかりだ。

なので、本家だけに限らず、分家の中でも華への不満は募っていた。

そんな中での祝言。

一応一ノ宮に連なる者として、すべての分家は出席していた。

そこには、花嫁である華の生家、一瀬家の面々の姿もある。

しかし、そこに朔の母親と弟の姿はない。

それはこの結婚を認めていないという静かなる抗議であった。

分家の者達の中には、本当に結婚する気なのかと、祝言当日のこの時になってもまだ信じられていない者もいた。

それほどに華との結婚は想定外だったのだ。

それはおそらく一瀬家の者達こそが特にそう思っていただろう。

自家の次女が選ばれたというのに、その表情はとても喜んでいるとは言いがたいものだった。

野次馬根性を発揮した、知りたがりな奥様連中がお祝いの言葉を述べるが、嬉しいはずの両親の笑顔は引きつっている。

兄は不機嫌そうに眉間にしわを寄せて、声をかけづらい雰囲気を出していた。

そのせいか、隣にいる双子の姉である葉月にも話しかけられない。

きっと誰もが葉月の今の心情を知りたがっていただろうに。

けれどそれは葉月の心を慮ってというよりは面白がっているという方が正しいだろう。

そうこうしていると、主役となる二人が入室してきた。

朔に手を引かれながらゆっくりと広間へと入った華は、居並ぶ分家達に気後れしそうになったが、その気持ちを察したように、朔が繋いだ手に力を入れる。

それを受けて、華も小さく深呼吸をして足を踏み出した。

広間を埋めるたくさんの人の視線が華に注がれる。

きっと予想外もいいところだろう。

葉月と違い華の顔を知らない者も多いはず。

そんな者達からの、華を検分するような視線が恐ろしくすらあるが、手から伝わる朔の温もりに助けられていた。

堂々と。悪いことをしているわけではないのだから、決して顔を俯けることのないように、しっかりと前を向く。

新郎新婦の席に座ると、年嵩の男性が進行を始める。

「これより一ノ宮家ご当主朔様と、華様の祝言を執り行います」

その言葉を合図とするように、朔と華の前に盃が置かれ、十和により朔の盃に酒がつがれる。

それを飲み干した朔に続き、華の盃にも酒が注がれた。

華は成人しているがお酒を飲めるのは二十歳からなので、飲むふりだけをする。

そして、盃を置けば、とりあえずすべきことは終わりだ。

なんともあっけないが、無駄に長い式よりはずっといい。

役目を終えたことでほっとする華に、朔はよくやったとでも言うように微笑んだ。

それから始まるのは招待客を巻き込んだ宴だ。

次々と料理が運ばれてきて、粛々と食事が始まる。

最初は華が花嫁のせいか、盛り上がりに欠けるというか、誰もがお互いの様子を窺っている感じだったが、酒が入ればそれも変わる。

次第に陽気な雰囲気となり、会話も弾み騒がしくなっていく。

朔の所にも酒をつぎに入れ替わり立ち替わり大人がやってくるが、華の所には誰も来ない。

まあ、それはいい。

むしろ噂話好きの女性達の餌食にならないですむのなら、離れたところで華を窺いながら悪口に勤しんでいるぐらいなんてことない。

華に話しかけづらいせいか、葉月の所には同年代の女子が集まっていた。

どうやら葉月を慰めている様子。

「葉月さん、この度のことは大変心を痛めておられるでしょうね」

「当然ですよ。あんな無能に当主の妻の座を奪われてしまったのですから」

なにやら憤慨している女子達は、葉月のために怒っているように見えて、実際は自分より格下と思っている華にその席を奪われたことを怒っているのだ。

けれど、中には真実葉月に心酔し、葉月のために嘆いている者もいる。

「許せません。葉月さんというふさわしい方がいらっしゃるというのに、あの女はいったいどんな手を使ったのやら」

「きっと卑怯な手を使ったに決まっています。そうでなければ、どうしてあんな無能華の悪口合戦が行われるのを止めたのは葉月だった。

「ありがとう、皆さん。けれどそんなこと言わないで。華は私の大事な妹なの。あの子が幸せなら私は……」

葉月は悲しげに微笑む。

それは妹のために涙をのんで耐える健気な女だった。

「なんてお優しい。自分のことよりあんな女のことを第一に考えるなんて」

「さすが葉月さんです」

葉月に心酔する者は息を吐くように葉月を褒め称える。

その会話が耳に届いていた華は、ジュースを飲みながら小さく笑った。

クスクスと隣で笑う華に、朔は気付く。

「なにを笑ってるんだ？」

「葉月のことでね」

「ん？」

朔の視線が、葉月の方へ向かい、そして再び華に戻る。

「なにかあったのか？」

「葉月ったら、本当は腸が煮えくりかえるぐらい怒り狂ってるのに、人前では優しい優等生を演じてるから、本性出せずに必死にこらえてるのよ。本当はかなりプライドが傷付いてるはずなのに、私を悪く言うこともできなくて、イライラしてるのがよく分かるの。それが滑稽でジュース噴きそう」

ニヤニヤと笑う華に、朔は呆れたような顔をする。

「……お前、性格悪いぞ」

「確かにね。でもそうさせたのは親と周りよ」

性格が悪い自覚はある。

だが、どうして性格がいい子に育つだろう。あんなにも歪んだ環境にいて。

両親のことを恨んではいないが、わずかな怒りは感じているのだ。

「両親へ復讐したいとは思わないのか？　当主の嫁ならそれが可能だぞ」

「興味ない。もう私にとって両親はずっと前から他人だった。それに復讐と言うなら葉月ではなく私が朔に選ばれた時点で叶ってるもの」

「無欲だな。俺なら徹底的に潰してやるのに」

「朔なら確かにそうしそうよね。逆らう者は許さないって感じ」

「俺をどこの暴君だと思ってるんだ」

「自覚なかったの？　驚きなんですけど」

冗談ではなく華は本気で驚いている。

「お前は……」

朔は片手で自分の顔を覆う。

泣くのか？　と思ったら、その逆に朔は笑い出した。

くくっと押し殺すように。

「私、未だに朔の笑いのツボが分かんない。今の会話で笑うとこあった？」

「ああ、俺にはな」

「どこに？」

「俺への態度だよ。一ノ宮の当主である俺に対してそんな軽口利くような奴は今までにいなかったからな」

笑いを抑えきれない顔で、華の顔を覗き込む。

「お前といると、自分が当主であることを忘れそうだな。こんなにも話していて楽しいと感じたのはお前が初めてだ」

「そりゃどうも」

朔が時々見せる笑顔にドキドキと心臓が音を立てる。

突然見せるので、とんでもなく心臓に悪いのだ。

ふと、華が視線を周囲に向けると、笑っている朔を見て驚いている人達がたくさんいた。

「朔様が笑ってるぞ」

「そんなにあの娘がお気に召しているのか」

「これは少し対応を変えた方が……」

そんな声がかすかに聞こえてくる。

「ちょっと笑っただけで驚きすぎじゃないの？」

なんてことを呟くと、ぬっと華の横に椿が顕現する。

「ご主人様は普段全然笑いませんよ～」

思わずびくりと体を震わせてしまった華だが、椿の言葉の方が気になった。

「笑わない？」

「ええ。それはもう、蠟人形のようにカッチカチに表情筋が固まってますから～。死んでるとも言います」

華は首をひねる。

どちらかというと華の知る朔は表情豊かだ。

叩けば響くようにツッコミが飛んできて、憎まれ口を叩き、喜怒哀楽がはっきりしている。

朔の方を向き、顔をじっと見つめれば恥ずかしそうにふいっと顔を背けた。

「これが？」

こんな反応をする朔のどこを見て表情筋が死んでいるというのか。

再度椿に確認すれば、ニコニコと嬉しそうに笑っている。

「うふふふ。ご主人様をお願いしますね～。華さん」

それだけを言って椿は消えていった。

結局なにをしに出てきたのか不明なままに。

そして、宴もお開きとなった。

結局最後まで朔の母親と弟が姿を見せなかったのは気になったが、朔の方は平然としていた。

朔がいいと言うのなら華が口を出すわけにもいかない。

華もあまり物事を深く考える性格ではないので、まあいっかと、頭の隅に追いやってしまった。

そしてその日の夜、これから寝室はこれまでと違う部屋を使ってくれと言われ、寝間着に着替えた後、別の部屋へ案内される。

これも祝言を挙げたからだろうと深く考えず新しい部屋に入ると、そこには布団が二人分ぴったり並べて敷かれていた。

「ん？」

戸惑っていると、部屋に朔が入ってきたではないか。

「どうしたの、朔？　なにか用事？」

「用事もなにも、寝に来たんだろうが」

「はっ？　なんで⁉」

言っている意味が分からない。いや、分かりたくないという方が正しい。

「祝言を終えたんだから、夫婦が一緒に寝るのは当たり前だろう？」

「えぇ！　聞いてない」

「いいからとっとと寝ろ。今日は色々と疲れた」

気だるそうに布団に座ると、朔は華の手を引いてぎゅっと抱き締めそのまま布団に横になった。

「ひゃあ！　な、なにするの？」

「夫婦なのだからこれぐらいいいだろ。それともこれ以上をお望みか？」

ニヤリと笑い、華を押し倒すような形で朔が上になった。

華はぶんぶんと首を振るが、そんな華の頬をそっと朔の手が滑る。

「だったらこれぐらい許せ」

朔の顔が華に近付き、唇が合わさりそうになったその時……。

「許すわけないだろ、このエロじじい」

ぱっとその場に顕現した葵が、げしりと朔を足蹴にした。

見事に華の上から転がされた朔は、ピクリと口元を引きつらせ身を起こした。

「エロは許すが、じじいは訂正しろ。俺はまだ二十四だ」

「俺から見たらじゅうぶんじじいだな」

ふふんと馬鹿にするように笑う葵に、朔も黙ってはいない。

「ああ、そうだったな。こんな大人げないことをするのは子供ぐらいだ」

「あん？　なんだと、じじい」

葵が睨むと、朔も負けじと応戦する。

「子供は大人しくしてろ。これは夫婦の問題だ」

「その主が嫌がってるだろ！」

「いやよいやよも好きのうちという言葉が人間にはあるんだ。覚えとけ。華も恥じらってるが本気で嫌がってなかっただろ。ほら、さっさと寝るぞ。華……」

葵から華へと視線を戻した朔は言葉をなくした。

朔と葵が言い合いをしている隙に、どこから持ってきたのか分からない大量のクッションで、雅が二つの布団の間に堤防を築き上げていたのだ。

「さあ、主様。これで大丈夫ですよ」

『みやび、偉い』

満足そうに微笑む雅と、そんな雅を褒めるあずは。

葵までも「グッジョブ！」と親指を立てている。

朔は「お前の式神は過保護すぎないか？」となんとも言えない顔をする。

「うーん。確かにちょっと過保護かも」

華も否定はできなかった。

＊＊＊

翌朝、華はなぜか朔に抱き締められた状態で目が覚めた。

おかしい。

確かに昨晩雅によってクッションの堤防が築き上げられていたはずなのだ。

だが、頭だけを起こして見てみると、その堤防を越えて朔が華の布団の中へやって来ている。

そんなことをしようものなら葵がうるさくしそうだが、そんな様子もない。

と言うか、葵どころか雅やあずはの気配もしなかった。

なにがあろうと常に誰かは側にいたというのに。

これはいったいどうしたことなのか。

とりあえず、拘束から逃れるべく身をよじるのだが、動けば動くほど朔の腕の力が強くなり、しっかりと抱き込まれる。

朔の心臓音が聞こえるほどの近さと感じる体温に、華の顔が赤くなっていく。

「さ、朔！　朔、起きてぇ！」

悲鳴のような叫びでバシバシと朔を叩くと、ようやくもぞもぞ動き始め、その瞼（まぶた）がゆっくりと開いた。

「ん……華？」

寝起きのかすれた声が華の名を口にする。

朔への多少の耐性を持つ華はなんとかこらえたが、世の女子高生ならば鼻血を噴いていることだろう。

それほどに無駄に色気がダダ漏れであった。

「放してー」

「ん、ああ」

ああと言いつつ、まだ華を離さない。

「どうして一緒に寝てるの？　それでもって、いつまで抱き締めてるのよ」

「抱き心地がいいから」

そんなことを言われたら華の顔が赤くなるのは当然だった。

「いいから放してください……」

　朝から勘弁してくれと、ようやく緩んだ腕から抜け出そうとしたら、ちゅっと音を立てて温かいものが頬に触れた。

「は？」

　びっくりした顔で朔を見れば、意地が悪そうに笑った。

「唇にした方がよかったか？」

「ば、馬鹿！」

　手近にあった枕で朔を叩く。

「葵！　葵！」

　この男に一発食らわせてやってくれという思いで葵を呼んだが、いつもならすぐに顕現する葵が姿を現さない。

　不審に思った華は朔を叩くのを止める。

「葵？　雅、あずは」

　しかし、葵どころか雅とあずはまでもやって来ない。

「なんで？」

　不思議がる華に、朔は平然と告げる。

「奴らなら来ないぞ」

「えっ？　どういうこと？」

「入ってこられないように結界を張っておいたからな」

「はあ⁉」

言われてみて気付く。

確かにこの部屋を中心に結界が張られているのに。

「あいつらがいるとうるさくてゆっくり眠れないからな」

「なんという力の無駄遣い……」

寝ている間も結界を張り続けるというのはけっこう高度な術なのだ。

術者の中でもトップクラスの者しかできないだろう。

華はできるかと問われたら、できると答えるが、進んでやりたくはない。

結界を張る時にかなり精密な力の制御を必要とするので気疲れするのだ。

ましてや、朔は一ノ宮の当主として柱石の結界も担っている。

労力は相当なものだろうに、そう感じさせないのは、それだけの実力があるということなのだろう。

やはりなんだかんだ言っても、朔は国を背負う一ノ宮の当主なのだと実感させられる。

「疲れてないの？」

「ああ、疲れた。夜中に中に入ろうとずっと攻撃されてたからな」

「そりゃあねぇ」

葵の立場であれば、華から離され結界で近付けないとなれば、攻撃してでも中に入ろうとするだろう。

「とりあえず結界解いちゃってよ」

「ああ」

一瞬で結界の気配が消え、それと同じくして葵と雅とあずはが姿を見せた。

「主！」

「主様、ご無事ですか!?」

『あるじ様大丈夫？』

華の無事な姿を見て、式神達は安堵を浮かべる。

「ああ、お側を離れて申し訳ございません。どこぞのけだものに不埒な真似はされませんでしたか？」

「誰がけだものだ、誰が！」

朔のツッコミは華を心配する雅の耳には入っていないようだ。

しきりに華の無事を確認している。

「どうやら衣服は乱れていないようですね。安心いたしました」

「衣服が乱れてないからと言ってなにもしてないとは限らないがな」

火に油を注ぐようなことをあえて言う朔は華に負けず劣らず性格が悪い。

案の定、葵と雅の怒りを買っている。

「主、こいつやっちゃっていいか？　いいよな？」

「やっておしまいなさい」

剣を手にした葵と、葵に勝手に許可を出す雅。

一触即発の空気だが、朔は微塵もひるむ様子はなく、むしろ葵を相手に不敵な笑みを浮かべている。

「椿。お前の愛しの恋人が会いに来てるぞ」

そう朔が言った次の瞬間、その場にフリフリメイド服の椿が現れた。

途端に葵の顔に動揺が走る。

「やだーん。朝からダーリンに会えるなんて椿幸せぇ〜」

まるでとりもちのごとく葵にべったりと張り付き離れなくなる。

「や、止めろ。おい、卑怯だぞ！」

華が見たところ、葵と椿の力はほぼ互角。

これまで戦ってきた雑魚妖魔のようにうまくあしらえないので、かなり椿のことを苦手にしているようだ。

しかも、いつの間にかダーリンに格上げされている。

「ダーリン。今度私とデートしよう？」

「絶対嫌だ！」

「駄目駄目、もう決めたもん。私がダーリンに似合うお洋服選んであげる」

椿が葵の頬にちゅっとキスをすると、葵は「ぎゃあ！」と悲鳴を上げて消えていった。

「もう、照れ屋さんなんだから」

あの葵の反応を見て頬を染められる椿のポジティブさは素晴らしい。あきらかに嫌がっていただろうに。

邪魔者は消えたとばかりに、朔は伸びをしてゆっくりと立ち上がった。

「華、お前も着替えてこい。朝食にするぞ」

「朔も一緒なの？」

それというのも、この本家に来てから朔は忙しくしており、ほとんどその姿を見せず、当然食事も華一人部屋で取っていたのだ。

「とりあえず忙しさはひと段落したからな。これからは側にいてやれる」

「ご主人様はねぇ、華さんのことを分家の頭でっかち達に認めさせるために動き回ってたんだよ～。それでずっと家にいなかったの」

椿の説明に華は目を丸くする。

「そんなことがあったの？」

朔は椿にデコピンする。

「余計なことを言うな、椿」

「だって本当のことだもーん」

そう言い捨てて椿も姿を消した。

「ほら、さっさと用意しろ」

さっさと部屋から出て行った朔の一瞬見えた表情はどこか気恥ずかしそうで。

それがなんだかむず痒くて仕方なかった。

「主様……」

なんだか雅の様子がおかしい。

置いて行かれた迷子の子供のような、そんな心細そうな顔をしている。

華はなんとなくその理由を察していた。

「大丈夫。朔は口は悪いけどいい人だと思う。今のところ誠実に接してくれてるわ」

「主様はあの男が好きなのですか？」

「さあね。だってまだ会ったばかりだもの。でも、たとえ誰かを好きになったって、それを理由に雅達のことを蔑ろにしたりしないし、するような人ならこちらから願い下げよ」

「主様……」

華は雅の頭をよしよしと撫でてやる。

見た目こそ華より年上だが、葵と雅が生まれてから数年しかたっていないのだ。

人間ならば親の存在が不可欠な年齢である。

葵と雅は華の都合で他者との関わりを絶っている状況だ。

だから華への依存度が高くなってしまった。

まあ、元々式神とは主人がすべてなのだが、人型で知能も高い故に、人間と変わらぬ感情を持っている。

その辺りはやはり蝶であるあずはの方が感情のブレは少ないようだ。

感情の機微があるからこそ雅は恐れを知っている。

雅が恐れるのは華がいなくなること。

華に必要とされなくなること。

それにはどこか葉月のことを連想させられてしまう。

「なにも心配することなんてないのよ。これはあくまで契約結婚。契約が終われば解消される一時的なことなんだから」

「……本当に一時的で終わればいいんですけど」

「なに？」

「いいえ、なんでもありませんよ」

どうやら雅の呟きは華には届かなかったようだ。

だが、それでよかったのかもしれない。

後々嫌でも考えることになることを雅だけはなんとなく察していた。


着替えてから部屋を出れば、すでに朔が廊下で待ってくれていた。

「お待たせ」

「ああ」

一ノ宮に来てからは部屋に食事が運ばれてきていたが、そう言うと朔は苦虫をかみつぶしたような顔をした。

どうやら普段は食事を取る部屋があり、家族は必ずそこで取るのが暗黙の了解なのだという。

部屋で食事をしていた華は、早い話一ノ宮の一員として認めていないと言われていたも同然の扱いをされていたようだ。

一瀬家にいた時から一人で食事を取っていたのであまり疑問に思わなかったが、言われてみれば家族がいて別々に食事を取るのは変な話だ。

華の実家が特殊すぎた。

朔は「悪いな」と謝ったが、正直朔の母親と一緒に食事を取るのは不安だったのでなんの問題もない。

けれど、きっと朔は使用人にこれを指摘し、これからは食事部屋で取ることになるのだろう。

朔の母親のことを考えると、一人でもいいかもしれないと思ってしまう。

そして、朔と共に普段食事を取るという二十畳ほどの部屋に入ると、座卓にすでに着席している朔の母親がいた。

「おはようございます、母上」

「ええ、おはよう」

華を一瞥することもなく朔だけに挨拶をする母親に、負けじと華も声をかけた。

「おはようございます」

朔の母親はそれはもう冷たい眼差しを華に向ける。

「あら、まだいたの？」

早々にジャブを食らわされるが、華は無理やり笑みを浮かべる。

「よくもまあ、顔を出せたものだわ。一瀬家の者はどんな教育をしたのかしら。せめて姉の方だったら……」

朔の母親は嫌みたらしく溜息を吐いた。

こうなることを予想していたので朔の母親と会うのは嫌だったのだ。

今からでも部屋に帰りたい……。

だが、朔の手前逃げるわけにもいかない。

しばらくはここで生活するのだから。

「華、隣に座れ」

母親よりも上座になるその場所を朔は指示した。

朔の母親を窺えば、ぴくりと反応し目で殺されそうなほどの強い視線を向けられる。

朔が座ることを躊躇う華の手を引いて無理やりに座らせるのと同じくして、これまで見たことのない華と同じ年頃の青年が部屋に入ってきた。

茶色く染めパーマをかけた髪が、少し童顔で吊り目がちな容姿に似合っている。

朔ほど身長は高くなく中性的な、どことなく朔に似た青年は朔の隣にいる華を見るや、鋭い眼差しで睨み付ける。

「おい、なんでこの女がここにいるんだよ」

低く脅すような声は、怒りを全身から表していた。

誰？　と思ったが、朔がすぐに紹介してくれる。

「華、あれが俺の弟の一ノ宮望だ。華と同じ黒曜学校の三年だ」

「そいつと一緒にするんじゃねぇよ！　万年Cクラスの落ちこぼれなんかと俺とじゃ、住む世界が違うんだよ」

なかなかに嫌われているなぁと、華は他人事だ。

祝言にも顔を見せなかったこの母親と弟からは、受け入れられていないと感じていたが、ここまであからさまだと本当に疲れる。

「望、華は当主である俺の妻だ。言葉遣いには気を付けろ。母上、あなたもです」

そう言って、朔だけはちゃんと華の味方をしてくれるのが救いだ。

「俺は認めてない！　こんな落ちこぼれを一ノ宮に迎え入れるなんて、兄貴はどうかしてるぞ。葉月の方がずっとふさわしいのに、どうして葉月を選ばなかったんだよ」

葉月と呼び捨てにしている辺り、葉月と面識があるようだ。

いや、黒曜学校の三年と今さっき朔が言っていたので、同じAクラスなのかもしれない。

「姉の方より華の方がいいと思ったからだ」

「だからなんでだよ」

「あの姉は弱い。当主の伴侶には力が足りない」

「その女はもっと足りないだろうが！」

望は矛先を華に変え、キッと睨み付ける。

「おい、お前。どうやって兄貴を籠絡したんだ。その体でも使ったか？　いいよな、女は使える道具が多くて」

「望！」

さすがに朔も声を荒らげるが、望が意見を翻すことはない。

さらにその言葉が許せなかった、華の髪に止まっていたあずはが望の前を抗議するようにひらひら飛ぶ。

そんなあずはを望はうっとうしそうに振り払った。

「こんな虫如きしか作り出せない無能が！　とっととここから出て行け！」

それまで大人しく聞いていた華は、素早い動きで望の胸倉を掴むと、廊下に連れ出す。

「おいおい」

朔が慌てて後についてきた。

「放せ！」

華の手を振り払った望に対し、華は履いていた靴下を片方脱いで顔面に投げつけた。

見事なコントロールで直撃した靴下が、望の顔面からポトリと落ちる。

しばし流れる沈黙。

しかし、すぐに我に返った望が食ってかかる。

「なにしやがる!?」

「決闘の申し込みよ」

　ふふんと胸を張って、もう一つおまけに残った片方の靴下も投げつけたが、それは避けられた。

「いや、本来投げつけるのは手袋だろ」

　こんな時でもツッコミを忘れない朔は、華の行動に怒りが飛んでいったようだ。

「手袋なんて手近にないから靴下で代用。こんな弱っちいお子ちゃまにはそれでじゅうぶんよ」

「な、なんだと！」

「ぎゃあぎゃあ騒いで、自分の物差しでしか人を測れない。あずはのことは朔ならすぐ気付いたってのに、あなたは気付きもしない。弱い証拠でしょうが」

「気付いてないって、なんのことだ!?」

「それを今から教えてあげるわよ。表に出なさい」

　望から視線を外し華が振り返ると、朔は至極楽しそうな顔をしていた。

「力が周知されて面倒なことになっても、朔がなんとかしてくれるのよね？」

「ああ。安心して暴れてこい」

「了解。ぶち殺して、あの世で後悔させてやるわ」

手のひらに拳を打ち付けてやる気をみなぎらせる華の目は、完全に据わっていた。

あれだけ散々な言われようをしたのだ。

さらにあずはを虫如きとまで言われれば、あずはを大事にしている華が放置できるはずがない。

「……半殺し程度にしてやってくれ。一応俺の弟だ」

「ええ〜」

「えーじゃない。頼んだぞ」

残念そうにしながらも、不承不承に頷いた。

対する望は怒りに震えていた。

「勝手なこと言ってんじゃねぇぞ。その決闘受けてやる。お前が負けたらこの家を出て行け」

「いいわよ。その代わりあんたが負けたら、お義姉様と呼びなさい」

「負けることなどない！」

ということで、二人は庭に出た。

二人が対決するという話を聞きつけたようで、本家内の使用人達までが野次馬にやってきている。

暇なのか？　と思いつつ、自分の力を見せつけるならギャラリーは多い方がいい。

彼らには大事な大事な証人となってもらわねばならない。

朔の母親はツンとした表情で、望が勝つことを疑ってはいないのだろう。

そしてそれは野次馬をしている使用人達全員がそうだ。

ただ一人、朔以外は。

「勝負の方法はお前に選ばせてやる」

朔並みに偉そうな態度で指示してくる望に、華は不敵な笑みを浮かべる。

「あずはおいで」

あずはがひらひらと飛んできて華が差し出した人差し指に止まる。

「あなたにも式神はいるのよね？」

「当然だ。紅蓮！」

望が呼ぶと鷹が現れ望の腕に止まった。

「なら式神同士の対戦でオッケー？」

「本気で言ってるのか？」

信じられないと自分の耳を疑うような顔で望は聞き返してくる。

それもそうだろう。

式神としては最弱である蝶のあずはで戦うと言っているのだから。

望の式神は鷹で、人型に比べれば珍しくない式神だが、さすが朔の弟。鷹から感じる力はそこらの術者の式神より強い。

だが、力の制限をなくしたあずはの前では微々たる差だが。

「あずは、もう力を抑えなくていいよ。人前で話もしていいからね」

『いいの？』

こくりと頷くと、これまで抑えられていたあずはの力が解放される。

美しい虹色の羽がさらに美しく鮮やかな色に変化していく。

「なっ……」

ようやく望にもあずはに内包される力を感じることができたのだろう。

ずいぶんと驚いた顔をしている。

それは朔の母親も同じだった。

「さて、始めましょうか。虫如きと言ったことを後悔させてあげる」

華は清々しいほどの晴れやかな笑みを浮かべた。

望は最初こそ驚いていたが、次第にその表情は苛立たしげに変わっていく。

「虫は虫でしかない。そんな見せかけのものに騙されるか。いけ、紅蓮！」

紅蓮という鷹は望の声に応じ、大きく翼を広げて空へと飛ぶ。

華の指から離れ飛び立ったあずはに狙いを定め、空から滑空しては突撃してくるのを、あずはは舞うようにしてかわしていく。

としている。

「紅蓮、早く仕留めろ！」

いつまで経ってもあずはを捕らえられない紅蓮に、望の苛立ちは最高潮に達しようとしている。

その感情は紅蓮へと伝わり、焦っているように見えた。

その時。

「あずは、幻惑」

あずははひらひらと飛び回りながらキラキラとした鱗粉のようなものを振り撒き、それが紅蓮の目に掛かる。

するとどうだろう。それまでしっかりとあずはを目で捉えていた紅蓮の様子が変わる。

すぐ側にいるというのに、あずはの姿を見失ったようにきょろきょろしだす。

「なにしてるんだ、紅蓮!?」

「あずは、とどめを刺しちゃって」

あずはが紅蓮のさらに上空から霧のようなものを振り撒くと、紅蓮は苦しむようにフラフラとよろめき、そして間もなく飛ぶことすらできなくなり地面へと落ちた。

「紅蓮!?」

「私の勝ちね」

それはその場にいる者にとってあり得ない光景だった。

一ノ宮の息子である望の式神が、これまでずっと嘲笑っていた蝶の式神に手も足も出せずに負けてしまったのだ。

望は我が目を疑い、これは夢ではないかと思ったが、間違いなく落ちこぼれと蔑んでいた華の式神が勝ったのだ。

それに、勘のいい者はちゃんとあずはから溢れる力を正確に感じ取っていた。

目の前の光景は嘘でも幻でもない。

しかし、望はまだ受け止められない様子だった。

「認めない。認めないぞ。お前のような女が兄貴の嫁だなんて」

「現実はいつだって残酷なものよ～。さあ、諦めてお義姉様とお呼び」

ほほほほっと馬鹿にしたように笑えば、望にギロリと睨まれる。

「貴様のような色気のない幼児体形の女が姉だなんて思えるわけないだろう！」

しばし流れる沈黙。華はふっと憂いを帯びた表情を浮かべたと思ったら、次の瞬間には豹変する。

怒りで目をつり上げる華が手に力を集めると、圧縮された濃密な力の塊ができあがる。

ただ人には見えないそれは、術者である者なら感じられるだろう。華は手のひらに集まったそれを思いっきり投げつけた。

「死にさらせっ!!」

「殺すな殺すな」

朔が慌ててツッコむ。

華が投げた力の塊は望を直撃し、その体を吹っ飛ばした。

「ぐはっ」

望の体はしたたかに地面に叩きつけられ、そして動かなくなった。

顔色を変えたのは朔と朔の母親である。

「望！」

悲鳴のような声を上げて朔の母親が望に駆け寄る。

様子を窺うと、ただ目を回して気絶しているだけだった。

一方の華はすっきり爽快。やり返せたことで気分もいい。

だが、そんな華の頭に朔の拳骨が振り下ろされた。

「痛っ！　なにするのよ、朔」

「やりすぎだ」

「半殺し程度はいいって言ったじゃないの」

「あー、そうだったな」

朔は言ったことを後悔しているようだ。

けれど、華が存分に暴れたおかげで、使用人達の華を見る目が変わったのは確かだった。

＊＊＊

「うわぁ、またかよ」

住民の通報でやってきた警官は、その場の光景に目を覆いたくなった。

「これで何件目ですかね？」

もう一人の警官が顔をしかめてから、それに向かって両手を合わせる。

ここ最近このあたりの地域で頻発していた動物の殺傷事件。

犯人はまだ見つかっておらず、人気のない場所を狙っての犯行に捜査が難航していた。

そして今回も、人気のない小さな公園にて、数匹の犬の惨殺死体が発見されたのだ。

「俺、犬好きなんだよ。だから余計にこんなことする奴の気が知れねえ」

「本当にかわいそうに。中には外に繋いでいた子が連れ去られたケースもあるみたいですからね。この子達ももしかしたら警察に届けが出されている子かもしれませんよ」

犯人はわざわざ他人の家の犬を盗み犯行に及んでいるのだ。

中には犬以外の被害も確認されているが、まだ同一犯と断定されていない。

「早く犯人が見つかるといいんだが」

「ほんとですね」

警官が死体の処理を終えて去って行った後、ゆらりと黒い何かが揺らめいた。

『かわいそうに。こちらへおいで……』

＊＊＊

望とのいざこざで朝食を食いっぱぐれた後の昼食時、華と朔が席について待っていると、朔の母親が入ってきた。

くそ生意気な望は一緒ではない。

「望はどうしましたか？」

「目は覚ましましたが、昼食はいらないと言っているそうよ」

「そうですか」

朔と母親の会話を聞いていた華はしたり顔で呟いた。

「拗ねたな」

そうしたら朔から軽いチョップをされる。

「望の前でそれを言ってやるなよ」

「分かってるわよ。お子ちゃまには優しく接してあげないとね～」

「だからそれだと言っているだろ！」

再び朔のチョップが振り下ろされたが今度はうまく避けた。

そうこうしていると、使用人が料理を運んでぞろぞろ入ってくる。

その中には十和もいて、十和はいつもと変わらぬニコニコとした笑みで華の前にお椀を置いた。

「華様、今朝はずいぶんと活躍されたようですね。私は見ておりませんでしたので、残念でございました」

「あーそれなら後で動画をお見せしますよ」

「おい、いつの間に撮ってた？」

聞き捨てならないとばかりに朔が口を挟む。

「雅が私のスマホで撮ってたみたい。後々笑いの種にするらしいわ」

「頼むから止めてやれ」

「や・だ」

最高の笑みで拒否する華に、朔は頭を抱えた。

「やっぱり俺は周りが言うように嫁にする相手を間違えたか？」

「なにを今更。雅〜、撮った動画見せて」

誰もいないその場所に向かって声をかければ、ぱっとそこに現れた雅が、そっとスマホを華の手元に置いた。

「どうぞ、主様」

華と朔は平然としていたが、室内がにわかにざわめく。

それは当然だろう。突然人が現れれば驚きもする。

しかも、朔の式神ではなく、見たことのない相手なのだから。

「あ、あの、華様。こちらの方は？」

チラチラと雅を窺いながら躊躇いがちに十和が聞いてくる。

「私の式神の雅です」

「雅と申します」

雅は優雅な所作で正座すると、十和に綺麗なお辞儀をした。

「これはこれは、十和でございます」

お互いに頭を下げる姿を見ると、まるで雅が嫁入りしに来たようである。

「人型の式神を持っているの？」

一瞬誰に声をかけられたか反応できなかったが、すぐに朔の母親だと分かると、華は慌てて返事をする。

「ええ、そうです」

「言っとくが一人じゃないぞ」

そう言って姿を現した葵に、朔の母親は目を見張る。

「こっちが葵です。あずはと雅と葵。この子達が私の持つ式神です」

「式神が三体……」

「それも人型が二体も……」

使用人達が手を止めてひそひそと話している中、朔の母親は絶句していた。

相当驚いているようだ。

まさか華にこれほど術者としての能力があるとは思わなかったのだろう。

「それほどの力を持っていながらどうして周りに知られていなかったの？　あなたはいつだって姉と比べられ無能と言われていたじゃない。その式神達を見せれば周りの評価など一変させることができたでしょうに」

「ああ、めんどいので」

「め、めんどい……？」

朔の母親は衝撃を受けたような顔だ。

けれど、そういう考えもあるのだと知ってほしい。

「これまで散々人を無能だ、姉の残りカスだと蔑んでおいて、力があると知ったら手のひらを返してもてはやすのは分かりきっていました。そんな人達に褒められたって嬉しくともなんともないですから。むしろ術者として期待されるのが面倒臭いだけです」

「だったらどうして今は、実力を見せることにしたの？」

「朔がいたから。私が力を見せることで起きるだろう面倒ごとをすべて引き受けると約束してくれたからです。そうでなかったら今でも私は無能な妹のままでいましたよ」

「……そう」

朝食を抜いた華は空腹だ。早く食べたいのだが、なんとなく食べづらい空気で困る。

そんな中、朔がしてやったりな笑みを浮かべて母親に話しかけた。

「母上、華を嫁とすることに、もう異論はありませんね？」

朔の母親は一瞬言葉に詰まったが、ふいっと視線を外す。それはどこかふて腐れているようにも見えた。

「……仕方がありません」

朔の母親が華のことを初めて受け入れた瞬間だった。

朔は嬉しそうに華の頭をわしゃわしゃと撫で、それを母親はじっと見つめながらぽつりと呟く。

「あなたのそんな顔を見るのは初めてかもしれないわね、朔」

「なにがです？」

「彼女の前では表情が豊かだってことよ。あなたは子供の頃から大人びていて、いつもどんなことがあっても無表情を崩さなかったのに」

朔の母親は小さく溜息を吐く。

「その子があなたを変えたのね」

朔がなにかを答えようとした時、それはもう盛大に腹の虫が鳴いた。

全員の視線が華のお腹へ向く。

「……もうご飯食べてもいいですか？」

えへっと恥ずかしさを隠すように笑うしかなかった。

空気を読めない自分の腹の虫が恨めしい。

場の雰囲気を変えるように十和の笑い声が響いた。

「ほほほほ。華様のお腹が限界のようですね。さあさあ、坊ちゃまと奥様もお食事になさいませ」

「十和。これからは奥様というのはよしてちょうだい。それは朔の妻となった華さんを呼ぶ時に使うべき言葉よ」

そんなことを言い出した朔の母親に、十和は嬉しそうに微笑む。

「承知いたしました、美桜様」

この時になってようやく華は彼女の名前を知ったのだった。


その日の夜の寝室、またもや結界を張って式神達をシャットアウトした中で、朔は突然謝罪してくる。

「今日は望が悪かったな」

「別にあれぐらいの子供の癇癪なんてよくあることだし、気にしてない」

「癇癪か」

朔はくくっと笑う。

「華から見て望の能力をどう思う？」

「朔に比べるとずいぶん弱いわね」

朔と比べるのはかわいそうだと思いつつ、やはりそう判断せざるを得ない。

「ああ。だから俺が当主になったことに誰も文句は言わなかった」

それだけ朔と望の力の差は歴然としていた。

今後の成長を考慮したとしても、望では朔に遠く及ばないと、初めて会った華でもそう感じた。

「でも、だからこそ痛々しいわね」

朔は華の言っている意味が分からない様子だ。

「優秀なきょうだいと比べられるって精神的に結構くるのよ。朔は比べられて卑下することなんてなかったんでしょうけど」

「そうだな」

「あの周りを威嚇するような態度も、彼なりの必死の虚勢なのかもね」

「よく分かってるな」

「だてに生まれてからずっと葉月と比べられてないわよ」

本当なら華の味方になっていてほしかった両親にすら比べられ、無能であることを責められ続けてきたのだ。

そうしてできた心の傷は、そう簡単に消えるものではない。

もしかしたら、望も自分と似たような経験をしているのかと思うと、同情を禁じ得ない。

「どうして誰も彼も比べたがるのかしらね……」

華は華で、葉月は葉月だというのに。周りはそう思ってはくれない。

自分を見て欲しいというそんな当たり前のことすら許されないのだ。

今さら言ったところでどうしようもないこと。そんなことを考えていると、突然後ろから朔に抱き締められた。

「なに？」

「いや、華が寂しそうに見えたから」

「なにそれ。目が悪いんじゃない？」

「そうかもな……」

文句を言いつつ、華は朔の腕から逃れようとはしなかった。

むしろ、身を任せるように朔にもたれかかる。

それ以降、朔はなにも言わない。

ただただ静かに抱きしめられ、朔から感じる体温が華の心を落ち着かせてくれるようだった。


翌日の夜、華は朔に連れ出され、母屋からずっと離れた場所に来ていた。

同じ敷地内だが、ここまでかなりの距離を歩いた気がする。

改めて本家の敷地の広さを実感させられた。

朔の身長よりも大きな岩の前で、華は朔の袖をツンツンと引っ張る。

「ねぇ、朔。ここなに？　こんな夜更けに、しかもあずは達も連れてくるなだなんて」

「母の許可も得たしな。華には本来の役目を果たしてもらいたい」

「……なんだっけ？」

すかさずデコピンが飛んできた。

「あいたっ」

「結界を完全なものにするためだろうが」

「そうでした」

決して忘れていたわけではない。ずっと結界の話が出てこなかったので、頭の隅に追いやられていただけだ。

「この場所は当主しか知らない場所だ」

一つと思った巨岩は、よくよく見ると等間隔に五つ置かれており、朔がその一つに手のひらで触れると、岩が青く光って光の筋が伸び、五つの岩を繋（つな）ぐ。五芒星（ごぼうせい）が描かれたかと思うと、五つの岩の中心の地面がゆっくりと動き地下へと下りる階段が出現した。

目を丸くして驚く華に、朔が手を差し伸べる。

「手を繋（つな）ぐぞ。離すなよ。離すと当主以外は弾（はじ）かれるから」

「う、うん」

華は慌てて朔の手を力強く握り締めた。

そして、薄暗い階段をゆっくりと下りていく。

中は火でも電気でもない、不思議な青い光で視界は良好だった。

階段は狭く、朔と二人並んで歩いていると肩が触れてしまうほどだ。

少しの間歩いて行くと、ようやく階段の終わりが見え、ホールのような少しひらけた場所に降り立つ。

そして、その先には大きな横穴が開いていた。

朔は華の手を引きながら迷わず進んでいくので、華も一緒にその穴を通っていくと、ひらけた空間の中心に水晶のような透明の石柱が立っていた。

青く光を発するその石は華の全身の毛が逆立つほどの強い強い力を発していた。

そんな石の周りには、ひと目見ただけで強力だと分かる結界が、石を護るように張られている。

「朔、これってもしかして……」

「この国を支える、五つの柱石の一つ。我が一ノ宮が遥か昔より護ってきたものだ」

国を支える柱石。

その存在は術者の家に生まれた者ならば、物心つく頃から耳にたこができるくらい言い聞かせられてきたものだ。

妖魔が狙うもの。術者がなんとしても護らねばならぬ、この国の柱。

しかし、話には聞いていても、その存在を実際に目にした者の話は聞かない。

柱石の場所は、たとえ術者であったとしても教えられることなく秘密にされ、大事に護られているためだ。

「まさか本家の地下にあるなんて……」

華は実物を目にしている今ですら信じられない気持ちだった。

「ここは当主と、当主と共に結界に力を送る女性しか知らない場所だ。現在では俺の他には両親しか知らない。決して口外するなよ。本家直系の望ですら知らされないことなんだから」

華は驚きのあまり言葉もなく、こくこくと頷(うなず)いた。

式神達をわざわざ置いてきた理由が分かる。式神にすら秘密にしておきたいのだろう。

「見えるか？　柱石の周りを囲む結界にほころびがあるのが」

そう言って朔はその場所を指差す。

一見しただけではかなり強力な結界だと思ったが、よく目をこらして見てみると、朔が示した所や他にもところどころ結界が薄くなっている場所があるのが分かった。

「うん」

「これは当主が交代すると、これまでと違う人間の力を結界に送るために、それまでの力と馴染(なじ)まずに反発して、どうしてもほころんでしまうんだ。その時、柱石の力が外に漏れ出るために、妖魔がそれに反応して動きが活発になる」

「へぇ」

「新たに当主となった者は早急にこの結界を自分の力に染めて完全なものにする必要がある」

「そのために女性の陰の力が必要なのよね？」

「その通りだ」

華が朔の嫁となったそもそもの理由だ。

「どうしたらいいの？」

そう問うと、朔はニヤッと含みを持たせた笑みを浮かべたので、華はなにか嫌な予感がした。

「結界は当主の力で維持される。だが、そのために他人の力を必要とするのはおかしな話じゃないか？」

「まあ、確かに」

当主が代わると他人の力だから結界がほころぶというのに、結界を新たにするために必要となる男女の力もまた他人同士なのだ。

朔ではない華の力が邪魔をするのではないかと疑問が湧く。

「力の違う他人同士。だが、先祖は二人の力を似せることでその問題を解消した」

「どうやって？」

「早い話が、初夜を迎えること」

「しょっ！」

華はあまりのことに顔を赤くしてパクパクと口を開閉する。

「無理無理無理無理無理無理無理無理」

「そんな全力で嫌がるな。さすがの俺も傷付くぞ」

「だって、当たり前じゃない！」

そもそもこれは契約結婚。好き合っての結婚とはわけが違うのだ。

結界のために初夜を行うなど華にはできない。

とっさに朔と距離を取ろうとしたら、逆に引き寄せられ腰に腕が回される。

もう片方の手は頰に添えられ、親指が華の唇をそっと撫でる。

「俺とでは不服か？」

「えっ、えっ……」

熱を持った真剣な眼差しで見つめられ、華は許容範囲を超えてうろたえてしまう。

そんな華を朔はぎゅっと抱き締める。

「さささ、朔!?」

心臓がバクバクとし、どう対応していいのか分からない。どうしよう、どうしようと同じ言葉が頭の中をグルグル回っていると、不意に朔の体が揺れているのに気付く。

理由が分かった華は、一気に冷静になった。

「朔、あなた笑ってるでしょう⁉」

もう抑えきれないというように、朔は噴き出していた。

「くくくっ。腹が痛い……」

「そのまま腹痛でもだえ苦しめっ」

「悪かった。謝るから機嫌を直せ」

「謝るなら笑いを抑えてからにしてくれます？」

華は未だ体を震わせて笑いをこらえる朔に、じとっとした眼差しを向ける。

「そこまで過剰反応すると思わなかったんだよ。けど、そう言えばキスも俺が初めてだったたな」

恥ずかしさに顔を赤くした華は、朔の足を踏みつけてグリグリする。

「こら、止めろ」

「朔が悪いんでしょ！」

どれだけ恥ずかしかったか、もっと思い知らせてやりたい。むしろ踏むだけで許してあげていることをありがたいと思ってもらいたいものだ。

「だが、嘘は言ってないぞ。実際に昔はそうして結界に力を注いでいたんだ。体を合わせる夫婦は力の質が似てくるらしいからな」

「昔はってことは、今は違うの？」

「ああ。術も日々進化しているということだ。それに当主の補佐となるのは伴侶とは限らない。姉妹である場合もあると前に話しただろう？」

「確かに、姉妹の場合、昔のやり方だといろいろ問題だものね」

「そういうことだ」

つまり別に初夜を果たさなくとも大丈夫だと分かり、華は心の底からほっと安堵の息を吐いた。

「そこまであからさまに安心されると複雑だな……」

朔はなんとも言えない表情をしていたが、華は無視する。

「で、どうやるの？」

「華は力を譲渡したことはあるか？」

「力が覚醒した時に、あずはに力を注いだことがあるけど、それと同じ？」

「ああ、それと同じ要領だ。経験があるなら問題はないな。華は俺と手を繋いだまま、その時と同じように俺に力を渡してくれ」

「それだけでいいの？」

「後は、力を渡された俺が自分の力に変換して結界に注ぐから、華はなにもしなくていい」

「分かった」

華と手を繋いだ状態で、朔は柱石を護る結界に触れる。

「いいぞ。まずは少しずつ流してくれ」

「うん」

華は緊張しながら、ゆっくりと朔に力を送っていく。

最初、一瞬だけびくりと朔の体が動いたが、問題なく流れているようだ。

力の変換がどういうものか華の知識にはなかったが、それはかなり労力を必要とするようで、朔は険しい顔をしていた。

「もう少し流す量を多くしてくれ」

「大丈夫なの？」

「ああ」

すでに限界そうに見えたが、華は言われるままにそれまで以上の力を流す。

ゆっくりゆっくりと華の力が朔へ、そして二人分の力が朔から結界へと流れていく。

どれくらい時が経っただろうか。

朔の額に汗が滲むのを見て、相当つらい作業なのだと分かる。

華には朔に力を送り続けることしかできない。

それでも、ちゃんとそれは確実に成果として目に見える形で出ていた。

それは全体から見たら微々たるものではあったが、ほころびていた結界が最初の時よりも強化されている。

声に出すことなく喜色を顔に浮かべると、朔が結界から手を離しその場に崩れ落ちるように座り込んだ。

華は慌てて力を流すのを止める。

「朔、大丈夫？」

「ああ……。問題ない。それよりお前は大丈夫なのか？　かなりな量の力を消耗しただろうに」

「全然問題なし」

華はケロリとした様子で親指を立てた。

「予想以上の力を持ってるな、お前」

朔は華の力に驚きつつしんどそうな顔をしていたが、しばらくすれば落ち着いたようだ。

「本当に大丈夫なの？」

「最初だからな。力を変換しながら結界にも気を配らなければならないことで思ったより疲労しただけだ。慣れたら問題ない。華が大丈夫なら毎日これを続ける」

「分かった。私は大丈夫」

華とは違い、朔は疲れ切った顔で額の汗を拭ってている。

それを華は不思議な気持ちで見ていた。

一ノ宮の分家でありながら、一ノ宮本家とはまったく関わりのない生活をしていた華。

あの公園で朔と出会っていなかったら、きっとこの場にも立ち会うことはなかった。

自分の知らぬところで、朔がこんなにも必死に国を護ろうとしていたなど思いもしなかっただろう。

まだ若いのに、その肩には国の命運がかかっている。

そんな責任の中で、朔は誰に文句を言うでもなく使命を果たしている。

そう思ったら自然と手が伸び、朔の頭を撫でていた。

「なんだ、この手は」

いぶかしげな顔をする。

「うーん。激励？　お疲れ様、みたいな？」

「なんで疑問形なんだ」

「なんかさ、朔を見てるとなんだか自分が恥ずかしくなってきちゃって」

「突然どうした？」

朔は困惑している。

急にこんなことを言い出したのだからそうなるだろう。

「力が覚醒してからもずっとそれを隠してきたでしょ？　面倒なことが嫌で、術者として生きるのが嫌で、自分に火の粉が降りかからなければ妖魔のことだって見て見ないふりしてきたし。まあ、その考えを変える気は今のところないんだけどさ。でも朔はその若さで重い責任背負って、こうして必死になってたくさんのものを護ろうと汗を流してて。純粋に朔のこと尊敬するなって思ったの」

朔を見て気付かされたもの。

朔がどれだけのものを背負いこの場にいるのかと。

「朔はきっとすごく責任感があるのね。私とそう年齢も違わないのに、当主になってたくさんのものを背負ってる。だからこそ心配。背負わなくていいものまで背負って、朔が倒れちゃうんじゃないかって。責任感があるのはいいことだけど、全部一人で溜め込まないでさ、今回みたいに私が手伝えることがあるなら手伝うから。朔の重荷がちょっとでも軽くなるなら、私にも分けて。……まあ、その、一応夫婦……なわけだし……。期間限定だけど」

自分から夫婦と言うのは少し照れくさく、朔を直視しては言えなかった。

「…………」

朔は驚いたような顔で、じっと華を見つめていた。

「朔？」

反応のない朔の前で手を振ると、突然手を引かれ掻き抱かれる。

「えっ、朔？」

「お前はほんとっ……」

「なに？　朔？　おーい」

ぴったりと体がくっつくように抱き締められているため華からは朔の顔が分からない。

けれど、華を抱くその腕の強さに、なにかを感じ取った華は抵抗することなく朔のしたいようにさせた。

しばらくして華を離した朔は、これまで見たどの顔よりも優しい穏やかな表情をしていて、目が離せなくなる。

「お前は馬鹿だな」

その声色は慈しみに溢れていて、華は反論の言葉も浮かんでこなかった。

「自分で逃げ道を塞いだんだから」

「どういうこと？」

「覚悟しておけということだ」

華はまったく意味が分からず首をかしげる。

「帰るぞ、華」

華の名を呼ぶ朔の声は、どことなく甘さを含んでいた。

四　章

華が望との決闘で力を発揮してから、あからさまに周囲の態度が変わった。

使用人などは陰口を叩かなくなり、そのおかげで葵の機嫌もすこぶるいい。

そして朔の母、美桜も、華に嫌みを言うことがなくなり、平穏な生活を手にしていた。

ただし、決闘でコテンパンにした望からは顔を合わせる度に睨まれる。

ちゃんと食事の席には顔を出して四人そろって食事をするようになったものの、望から華に話しかけてくることはない。

けれど、華は喧嘩を売られたことを忘れてはおらず、ニヨニヨとしながら望をあおっては、怒りをこらえ無視しようと体を震わせる望の反応を楽しんでいる。

あまりやりすぎると、隣にいる朔からチョップが飛んでくるので、見極めが大事だった。

そんなある日、華は見てしまう。

誰もいない庭の片隅で望が座り込んでいるのを。

なにをしているのかと、建物の陰からこっそりと覗く。

「紅蓮、どうしたらいい？」

どうやら自分の式神である鷹の紅蓮に話しかけているようだ。

「俺は兄貴に嫁ができたから挨拶しようと思っただけなんだよ。だってあの兄貴だぜ？　最年少で漆黒を取って、強くてかっこよくて頭もよくて完璧なあの兄貴が選んだ人なんだ。絶対素晴らしい人に違いないんだよ。でもさ、相手があの落ちこぼれだって思ったら、兄貴にはもっといい人がいるんじゃないかってさ。そしたら勝手に口が動いちゃって。あっ、やばいって思ったらもう手遅れでさ。謝りたいけど今更じゃねえ？　あんなひどいこと言っちゃってさ。俺どうしたらいい？　兄貴に嫌われたかなぁ？　こんな弟いらねぇなんて言われたら……。紅蓮、どうしよう⁉　兄貴に嫌われたら生きてけねぇ！」

華は物音を立てないようにそっとその場から離れた。

「見てはいけないものを見てしまった気がする……」

うーんと腕を組んで悩みながら廊下を歩く華の前に、美桜が通りかかる。

「華さん、どうかしたの？」

「いえ、なんでもないです。朔のお母様を煩わせるようなことじゃないので」

あなたの息子が隠れブラコンだっただけなんですなどと言えるはずもない。

「それ、止めてくれないかしら」

「それ？」

なんのことを言われているのか華はわからず首をかしげる。

「朔のお母様ではなく、お義母様と呼びなさい。私は朔だけではなくあなたの母でもあるのですから」

美桜は頬を染めてぷいっと顔を背けて足早に去って行ってしまった。

望といい、美桜といい、なんというか……。

「ねぇ、朔の家族ってツンデレが初期装備なの？」

「お前、なに言ってるんだ？」

ちょうど通りかかった朔にそう言ったら、不審な目で見られてしまった。

＊＊＊

「なんだなんなんだよお前！　どこから来やがった⁉」

『お前は裁きを受けなければならない』

「ひっ、しゃべった……」

黒いそれはじわじわと獲物を追い詰めるように距離を縮め、襲いかかった。

「ぎゃあぁぁぁ!!」

静かになったその場には物言わぬ死体が転がっていた。

『まずは一人』

暗い暗い闇の中、とあるマンションの一室からそれはすっと消えていった。

＊＊＊

なんだかんだありつつ、ようやく学校へ行けるようになった日。

ずっと徒歩で学校に通っていた華はその日も歩いて通おうとしたのを美桜に知られ叱られてしまう。

当主の妻ともあろう者が徒歩とは何事かと。車を使えというので、華は初めて車で登校することとなった。

車から出た瞬間から、華は注目の的だった。

この黒曜学校には、華と朔の祝言にも出席した一ノ宮の分家の子もたくさん通っている。

そんな子達から、他の生徒へと話が回ったのだろう。

葉月の無能な妹と有名だった華だが、これまで華のことを知らなかった生徒にすら認知されるほど有名になってしまった。

周囲から刺さる視線の嵐。

「あれって本当なのかな?」

「冗談でしょう?　だって姉の残りカスって言われてる子だよ」

「でも、一ノ宮の分家の子が、祝言に参加したって」

「それが本当だとしたら、一ノ宮終わってるでしょ。あんな子を本家に迎えるなんて」

そんなひそひそ話が聞こえてきてとんでもなく居心地が悪い。

しかし、普段から陰口を叩かれていたので、内容が変わっただけだと思い直したら気にならなくなった。

「人の噂も七十五日ってね」

華は気にすることなく自分の教室へと向かった。

教室に入るやいなや、鈴が突撃してきた。

「華ちゃん、どういうことなの!?　なんでなんで?　いつの間に一ノ宮のご当主様とそういう仲になっちゃってたの!?　私聞いてないよ～!」

いつものほわほわとした雰囲気の鈴は存在せず、狩人(かりゅうど)のように目をギラつかせていて、少し怖い……。

「鈴、落ち着いて」

けれど、そんな言葉では鈴の興奮は収まらなかった。

「落ち着いてなんていられないよ！　華ちゃんが、あの華ちゃんが知らぬ間に人妻になっちゃってたんだよ。親友の私には一言も相談せずに！　私はちゃんと彼氏ができたこと報告したのにぃ」

あの華ちゃんとはどの華ちゃんなのか、少し引っかかったが、そこは追求しなかった。

「う、うん。それは悪いとは思ってるけども、鈴に相談している暇がなかったというか……」

「なにがあったか教えて！」

「はい……」

とりあえず先に自分の机に鞄をおいて、話し始める。

こちらを見ないようにしているが、本当は鈴のように華を問いただしたい興味津々なクラスメイトが華の話に耳をかたむけているのは気付いていた。

だが、いちいち聞かれる度に答えるよりは、こうしてたくさんの観衆がいる中で話した方が何度も同じことを話さずにすむと、あえて教室内で話すことを選んだ。

華は、朔との契約のことは一切話さずに、普通に公園で出会ったら後日熱烈に結婚を申し込まれ、条件がよかったので受け入れたと伝えた。

かなりはしょりすぎたかと思ったが、柱石云々のことを話すわけにもいかないので、どうしても簡潔な答えになってしまう。

しかし、それが鈴にいろいろと勘違いを与えたようで、目をキラキラとさせていた。

「それって、ご当主様は華ちゃんに一目惚れしたってことだよね？」

「一目惚れ？　……うん、まあ、そうなのかな？」

ある意味一目惚れかもしれない。華の術者としての力にだが。

「うわぁ、素敵！　でも、ご当主様との結婚なんてよく本家の人達が許してくれたね」

「まあ、朔のお母さんも最初は反対してたけど、今は納得してくれてる。いろいろと急すぎたし、お母さんの気持ちも分かるから、結果的に受け入れてくれてよかったかな」

「ご当主様は家族に反対されても華ちゃんをお嫁さんにしたかったんだね」

鈴はうっとりとするように喜んでいる。

きっと乙女な想像をしているのだろうが、あいにくと華と朔はビジネスライクな関係だ。

結界が完全なものになれば解消されるような、もろい糸で繋がれている間柄にすぎない。

それなのに、これほど大々的に華が嫁だと知れ渡ってしまって、離婚した後はどうするのだろうか。

離婚したとなればそれはそれで大騒ぎされそうなのだが、朔はその辺りのことを考えているのか心配になる。

しかも、今華によって新たな話題が出来上がってしまった。

おかしい。

なぜこうなったか華にも分からない。

利害関係の一致であることを説明したかったのだが、秘密にしておかなければならないことを隠して話すと、なんだか朔の一目惚れからの求愛で結婚した恋愛婚のような内容になってしまった。

これが広まると、後々朔に怒られそうである。

教室内で話をしたのは失敗だったかもしれないと後悔したがもう遅い。

今の会話はクラスメイト達にバッチリ聞かれてしまっている。

ドラマのような劇的なストーリーに、そういうのが好きな女子生徒などは鈴と同じように興奮しているではないか。

現代のシンデレラみたい、などと言っている声が聞こえてきて、それは違うと華は慌てる。

「鈴、ちょっと勘違いがあるかも。朔との出会いはそうだけど、結婚は家の都合で決まったような感じで、決してお互い恋愛感情があるわけじゃないからね」

ここを強調しておかねば、離婚する時に華は朔に捨てられたかわいそうな女になってしまうので必死である。

だが、一度始まった勘違いを正すのは難しかった。

「大丈夫だよ、華ちゃん。私はちゃんと分かってるから。そう言っとかないと周りの女達からの嫉妬が大変だもんね」

「へ？　いやいや違うからね、鈴」

「もう、華ちゃんったら。そんなこと気にしなくても華ちゃんが奥さんなんだから、ドンと胸を張っていいんだからね」

「いや、分かってない！」

「分かってるよ、大丈夫」

ニコニコ微笑む鈴は完全に誤解している。

だが、一度そうだと思い込んでしまった鈴の考えを変えることはできなかった。

そうこうしていると教師が入ってきて話は中断され、授業中、華はどう説明したものかと悩まされることになった。

そして、休み時間の度に鈴と話をするが誤解を解くには至らず、そればかりか昼休みまでの間に、朔が華に一目ぼれしたという話から、なぜか華が無能故に両家から反対されていた恋人同士が結婚を強行したロミオとジュリエット的な話に変化して広まってしまった。

「いやいや、どんな伝達ゲームしたらそうなるのよ」

食堂に向かう途中、見知らぬ生徒数名に「私は応援していますから！」と涙を拭いながら応援された華は頭を抱えるしかなかった。

これは本気で朔に怒られる案件だ。

こんな噂が立っては離婚がしづらくなるではないか。

「どーしよー……」

どこに行っても噂されるのは、悲恋からのハッピーエンドで、なぜか華が当主の伴侶になったことへの批判より歓迎ムードが高まっている。

やはりいつでもどの時代でもシンデレラストーリーというのは万人受けするんだなと考えさせられた。

ただのシンデレラなら同じように朔を狙っていた女達からの嫉妬の嵐が吹き荒れたのだろうが、そこに悲恋が加わったことで、華には予想外の化学反応を起こしてしまった。

逆に居心地が悪い。

「うーむ」

「華ちゃん、なにか悩み？」

「ちょっとね～」

腕を組んで悩みながら鈴と一緒に廊下を歩いていた華の前に、突然立ちはだかる三人組の女子生徒。

どうやらAクラスの生徒のようだ。以前に葉月と一緒にいるところを見たことがあった。

それに、華の記憶が確かなら一ノ宮の分家の子だった気がする。

「なにか？」

「あなた身の程を知ったらどうなの？」

「いい気になってるようだけど、あなたが一ノ宮の名を使うなんて恥知らずだと分からないのかしら？」

これはなんともあからさますぎる嫌み。

思わず華は涙を流してすがりつきたくなった。

華が思っていた通りの反応を示してくれる貴重な存在がいたのである。

まあ、一ノ宮の分家の娘なら同じように朔を狙っていたはず。敵意を向けられるのは当然か。

まさか彼女達も無能と有名な華にかっ攫われるとは思ってもいなかったのだろう。葉月だったなら彼女達も納得しただろうけれど。

彼女達は憎々しげに華を睨みつける。

「なんだか今おかしな噂が流れているようだけど、あなたがご当主様に愛されているわけがないでしょう！」

「その通りよ。なにかどうしようもない理由があるに違いないわ」

それに反論したのは華ではなく鈴である。

「そんなことないもの！　華ちゃんはご当主様に愛されてるんだから！」

頬を紅潮させて声を荒げる鈴は友達思いの優しい子だが、残念ながら実際は文句を付けてくる三人組の言葉の方が正しかったりする。

「なんなのよ、あなた。部外者は黙ってなさいよ！」

「あなた達だって部外者じゃない！」

「ちょっと、鈴……」

いつになく好戦的な鈴に華は戸惑う。

「自分がご当主様に選ばれなかったからって嫉妬しないで！」

その言葉は彼女達の痛いところに刺さったようだ。

顔を真っ赤にして怒りに肩を震わせた一人が、鈴を思いっきり突き飛ばした。

「鈴！」

廊下に倒れ込んでしまった鈴に駆け寄り様子を窺う。

「鈴、大丈夫⁉」

「うん……」

怪我はないようで安心したが、腕を痛そうにさすっているのを見ては華も呑気にかまえていられない。

三人組をギロリと睨み付ける。

一歩近付きながら威圧する華に、鈴を突き飛ばした女子生徒はたじろぎつつも、負けを認めたくないように強気に返す。

「な、なによ」

「鈴に謝りなさいよ」

華が静かな憤りをこらえて要求すると、相手は嫌そうに反論してきた。

「はあ⁉　なんで私がそんなことしなくちゃならないのよ」

「あんたが突き飛ばしたからに決まってるでしょうが！」

「部外者のくせに首を突っ込んできたそっちが悪いんでしょう。私は悪くないわ」

開き直る彼女を、華は冷めた眼差しで見る。

「ふーん。そっちがその気ならいいわ。覚悟しとくのね」

「どういう意味よ」

華はなんともあくどい笑みを浮かべてみせた。

「あなた達一ノ宮の分家の子達でしょう？　だったら、朔にあなた達にされたことを言うだけのことよ。あなた達が私に悪口を言ったことも含めて、当主の妻に反抗したって伝えてあげる。朔がどう対応するか見物だわね」

そう告げると、彼女達は分かりやすく顔色を変えた。

「なっ！」

「卑怯よ！」

動揺する彼女達の反応を心の中で高笑いしながら、華は続ける。

「なにを焦ってるの？　あなた達いわく、私は朔に愛されてないんでしょう？　そんな女の言うことなんて聞くはずないって高みの見物してたらいいじゃない」

華はそう言い捨てると、鈴の手を引いてその場を後にした。

言い逃げた感はあったが、彼女達の話に付き合う必要もない。

「華ちゃんあんなこと言っちゃって大丈夫？」

安易に当主の名を出したことに対して大丈夫なのかと鈴は心配していた。

分家にとったら本家の当主とは雲の上のような存在なのだ。そんな当主を煩わせるようなことは普通気が引ける。

まあ、華はまったく気にしないのだが。

なにせ雲の上の存在である当主とは朔である。この数日間一緒にいて、朔がそんな細かいことで気分を害するような小さい男でないことは理解していた。

むしろお互いに言いたい放題できるほどに華は朔に気安さを感じている。

正直、家族よりも距離が近いかもしれない。

そんな朔だから華も遠慮なく面倒ごとを押しつけられるのだ。

「問題ないよ。こういうこと言われるのは想定内だし、朔がなんとかするでしょう。私は虎の威を借る狐ってスタンスでいくことにする」

華へなにかする度に一ノ宮の当主が出張ってくると分かれば、華への陰口や嫌がらせなどもなくなるだろう。

そう考えれば、今や学校中の話題となっているロミジュリ的な噂は、華にとって有利に働くかもしれない。

そもそも、結婚を言い出したのは朔なのだから、華の平穏な生活のために働いてもらわねば困るのだ。

目指すはのんびり優雅な老後生活である。

「そっかぁ。愛されてるんだねえ。これで華ちゃんとも恋バナできるから嬉(うれ)しい」

無邪気に笑っている鈴には悪いが、恋バナができる関係ではない。なので、朔のことは曖昧にぼかして鈴の話だけを聞く。

「今度ゆう君とショッピングモールに行くんだぁ。ゆう君から誘ってくれてね、それで……」

まだまだ続く鈴の惚気に、華は「へぇ」と相槌を打ちながら笑っていた。

＊＊＊

華が学校で噂の的となっていた頃、朔はとあるマンションの一室へと来ていた。

入り口では警察官が人の出入りを制限していたが、朔が五色を示す漆黒のネックレスを見せるとすんなりと中へ通された。

玄関に入るや鼻腔を刺激する鉄臭さ。

そして、さらに部屋の中へと足を踏み入れれば、そこは一面血の海だった。

壁や天井にまで赤黒い血が飛び散り、床は足の置き場にも困るほどに血に濡れていた。

中を調べていた刑事が朔に気付き近付いてくる。

「一ノ宮のご当主様、お疲れ様です」

「ただの事件じゃないんだな？」

「はい」

警察でもない朔が呼ばれたというのはそういうことだった。

時に術者は、科学では説明できない不可思議な事件の場合、警察から協力を要請されることがある。

こういう不審な事件の場合は緘口令が敷かれ、まず協会の初動部隊が動き、術者案件かを判断するのだ。

マスコミも一ノ宮を含む五家のどこかの傘下にあるので、警察ではなく術者の対処が必要と判断された場合は情報規制も容易にしてしまえるのだ。

「まずは遺体の方をご覧になってください」

部屋の中央に被されていたブルーシートを刑事が取ると、見るも無惨な若い男性の遺体が発見されたその時のままになっていた。

「死因は失血死。どうやら首の傷が致命傷となったようです」

「片腕と片足もないな」

五色の術者として、それなりに場数を踏んでいる朔は、ひどい姿の遺体を目にしても眉一つ動かさなかった。

冷静な眼差しで、不審点を確認していく。

刑事は少し眉をひそめつつ、現在手にしている情報を伝えた。

「どうやら首の傷は獣などの噛み傷のようなんですよ。腕と足も、まるで噛み千切られたような傷痕でした。しかし、この家で動物などは飼っていません。ましてや人の手足を引き千切れるほどの大きさの動物が、この都会の町中を歩いているとは考えづらい」

「なるほど」

言葉少なに返事をし、朔はしゃがみ込み遺体を近くから観察する。

朔が気になったのは、その傷痕。

「禍々しい力を感じるな。それもかなり強い。だが、妖魔とはどこか違う力だ」

「ということは、これは術者の領分ですか？」

「そうなるな。それもかなり厄介な案件になりそうだ。初動部隊もそう考えてわざわざ忙しい俺を呼び出したんだろう」

朔はチッと舌打ちする。

未だ柱石の結界は完全には至らず、そんな時に五色の術者が動かなければならないほどの事件が起こるのは予想外。

他の者に回して結界を優先させたいが、漆黒を持つ五色の術者は数が少ないのだ。

その誰もが他の案件に携わっていて、この地域で今動けるのは朔だけだった。

下手に下のランクの術者に任せて被害を増やしては元も子もない。朔が動くしかなかった。

仕方なく調査に乗り出した朔だったが、数日後同じような事件が起きる。

同じく獣に噛まれ引き千切られたかのような傷痕の遺体が、公園で発見されたのだ。

しかも、今回は目撃者がいた。

被害者は友人と公園で酒を飲んでいたところを襲撃されたらしい。

朔は早速その目撃者という友人男性と会うことにしたが、面会時、その男性はかなり怯え震えていた。

無理もない。目の前で友人が殺されるのを目撃してしまったのだから。

「なにがあった？」

未だ恐怖が尾を引く男性に対して、朔はできるだけ優しく声をかけた。

「ば、化け物だ……」

男性は顔を青くし、震えながらそう口にした。

「化け物？　どんな？」

「公園で奴と酒を飲んでて、そしたら急にあいつがやって来た。二メートル……いや、三メートルはあった。でっかい犬だ。でもそんな犬なんているはずないっ。なのに突然現れたと思ったら襲いかかってきて」

男性はそれ以上を口に出せなかったのか、口をつぐんで震える。

　これ以上話を聞くのは無理かと離れようとした朔に、男性はすがりついた。

「助けてくれ！　次は俺が殺される。あいつがそう言ってた！」

「どういうことだ？」

「化け物が言ってたんだよ。これであと二人。次はお前だって。……なんでこんなことになるんだよ。この間も、早瀬の野郎が死んだところだってのに」

「なに？」

　聞き逃せないその言葉。

　早瀬というのは、先日マンションの一室で亡くなっているのを発見された最初の被害者の名だ。

「お前ら、知り合いなのか⁉」

　声を荒らげて男性の肩を掴む朔に、男性は怯えながら頷く。

「あ、ああ。いつもつるんでる奴の一人だよ」

　第一の被害者も第二の被害者も同様の被害にあった。そして、三人目の殺害予告。

　これら三人全員友人関係にある。

「無差別じゃないのか……？」

　しかも、男性を含めてあと二人、敵は狙っている。

「理由はなんだ？」

きっとなにか理由があるはず。共通点となるなにかが。それに残り一人の存在も確認しておかなければならない。

しかし、男性に聞いても、知らない、分からないの言葉しか返ってこなかった。

これ以上聞くことは諦め、狙われている可能性がある男性に椿を付けて朔は事件のあった公園を訪れた。

そこには朔が思わず顔をしかめてしまうほどの恨みの念が満ちていた。

ただ人が殺されただけでこうなるものではない。

公園内は立ち入り禁止となっており、幾人かの警察官がまだ残って調べていた。

その一人に朔は声をかける。

「聞きたいことがあるんだが、いいか？」

「なんでしょう？」

「最近、この公園で、今回の事件とは別の問題が起きなかったか？」

「別の？」

その警察官はいぶかしげな顔をしつつ、なにかあっただろうかと考え込む。

そんな中、別の警察官が思い出したように横から話に加わった。

「あっ、確か少し前に犬の死体が見つかったんじゃなかったか？　あれ、この公園だよな？」

その言葉を聞いて、朔と話していた警察官も思い出したように口を開いた。

「そうだ、そうだ。この公園だったな」

「どんな事件だ？」

「この公園で少し前に大量の犬の死体が見つかったんですよ。どれも危害を加えられたもので、人間による犯行だろうと捜査中のはずです。確かニュースにもなっていたかと。ここ最近周辺でそういう事件が続いているんですよ」

「そうか、情報感謝する」

「いえ、とんでもございません」

警察官が敬礼したのを一瞥してから、朔は背を向けて公園を後にした。

本家に戻ってから朔が他の術者にも集めてもらっていた情報をまとめていると、ぼろぼろな姿の椿が戻ってきた。

朔は慌てて駆け寄る。

「大丈夫か、椿。なにがあった？」

「う～。ご主人様、ごめんなさい。椿、負けちゃいましたぁ」

「お前が護っていた奴はどうした？」

「死んではないですぅ。でも、奴が戻ってくる前に他の術者を付けて……ください……」

それだけを告げると、倒れ込んでそのまま姿を消してしまった。

式神は主人が死なない限りは何度でも再生できる。だが、姿を保てないほど消耗するとしばらくは休息を必要とする。

椿は当分使い物にならないだろう。

それにしても椿を倒してしまうほどの相手とは、朔も想定外だった。

それほどの力を持った存在をいつまでも野放しにはできない。

「時間との勝負だな」

朔はすぐに電話をして椿の代わりとなる術者を手配する。椿の代わりとなると一人では無理だ。実力のある数名の術者を動かした後、人を呼ぶ。

「華を呼んできてくれ」

「かしこまりました」

すぐに使用人に呼ばれた華が姿を見せた。

その髪にはいつものようにあずはを連れて。

普段は抑えられているが、ちゃんと見れば分かる者には分かる。華の身の内に宿る強い力が。

それは朔ですら感嘆させるほどの強さ。

よくもまあ、今まで隠し通せたものだ。それは華の隠す能力が高いのか、それとも華の周囲にいた者達が無能なのか。

朔は両方だと思っている。

だが、朔が塗り替えられなかった瑠璃色の最年少記録を持つ、華の兄である柳ですら気が付かなかったことについては、もの申したい気持ちがある。

なぜお前まで気が付かなかったのかと。

まあ、柳はほぼほぼ家に帰れなかったので仕方ないのかもしれない。

なにかと柳に仕事を押しつけてきた朔が文句を言うのは理不尽というものだ。

断じて瑠璃色の最年少記録を塗り替えられなかったのが悔しかったからではない。

「朔、なんか呼んだ?」

「ああ、話がある」

華が向かいに座ったのを見計らって説明を始める。

ここ最近の殺人事件。人ならざる者が関わっている可能性と、狙われている一般人。

「結界のこともあるから、早急に解決したい。そこで華に協力してもら……」

「やだ」

朔が言い終わる前に返ってきた拒否の言葉に、一瞬沈黙が流れる。

冷静に、冷静にと自分に言い聞かせて、朔は再び口を開く。

「華の力があれば事件も早く解決できるはずだ」

「だから、やだ」

二度目の拒否で朔の沸点が限界を超えた。

「お前、この間自分に手伝えることがあるなら手伝うとかなんとか言ってただろうが！」

「言ったっけ？」

あくまで知らぬふりをする華に、朔のこめかみに青筋が浮かぶ。

すっかりさっぱり忘れている様子の華に、あの時の感動を返せと言いたかった。

それだけ華にとってはすぐに忘れてしまうような、なにげない言葉だったのだろう。

だが、朔は嬉しかったのだ。

術者としても並の術者を大きく超える力を持った朔のことを頼る者はいても、頼ってくれと言ってくれる者はいなかった。

誰もが尊敬はしても、できて当然と心配はしない中、華が初めてだったのだ。

それなのに……。

かわいさ余って憎さ百倍とはこのことかと、朔は初めての感情を知った。

「契約を付け加えると言ったらどうだ？」

「なにを？」

「この事件が解決したら、海の見える別荘も付ける」

華は目をキラキラとさせ、ころりと態度を変えた。

「協力させていただきます！」

「後で契約書持ってこい。変更事項を書き加える」

「合点承知！」

こうして華の協力を得ることになったのだった。

＊＊＊

朔から捜査協力を求められ、別荘に目がくらんだ華は考える間もなく協力することを決めた。

だが、後になって考えなしだと葵に怒られる羽目になった。

けれど、目の前で新しい事項が書き加えられていく契約書を見て、華の機嫌はとてもいい。

「これでいいだろ」

「ありがとう！」

書き終えた契約書を朔から受け取った華は内容を確認することなく折りたたんだ。

後に後悔するとも知らずに。

そして捜査のためと言われ、朔に外へ連れ出された。

学校があるのだが、術者として動くためと朔が担任に報告してくれたために公休扱いとなった。

捜査と言ってもなにをするのかと思えば、二人で町をひたすら歩き回るだけ。

力はあっても術者として事件の捜査に加わったことのない華はわけも分からず付いていくだけだ。

さすがに疲れてきたところで、朔に問う。

「ねぇ、なにしてるの？　捜査は？」

「してるだろう」

「どこらへんが？」

華にはただ散歩しているだけにしか思えない。

「気付いてなかったのか？」

「なにが？」

本気で分かっていない華の様子に、朔は呆れた顔をする。

「妖魔は難なく倒せるのに、お前は力は強いがかなり偏ってるな。まあ、術者として働いたことがないなら仕方ないのか」

「どういう意味？」

朔はふうと一息吐いてから、スマホの画面を華に見せる。

画面にはここら一帯の地図が表示されていた。

「ここが第一現場で、ここが第二現場。そして、ここ最近動物の変死体があった場所だ」

地図を見せながら丁寧に教えてくれる朔。

「見事に近場だよね。あれ、ここ……」

華は地図を示されて、午前中に歩いてきた所を思い出し、ようやく気付いた。

「午前中に歩いてきたところ？」

「そうだ。お前は気付いていなかったが、そこのどの場所にも同じ力の残滓があった。恨みや憎しみといった深い負の感情は殺された動物達の想いだろうが、そういうものを放っておくと魂はその場に留まり、力を付けると妖魔に変化する」

「妖魔は生き物の強い負の感情から生まれるっていうんでしょう？　それぐらいは学校で習ってるよ」

馬鹿にするなという気持ちで朔を見る。

「そのわりには華が気付いていないようだからだ。これまでの場所に妖魔が生まれるほどの穢れを感じたにもかかわらず、妖魔には一切出会っていない」

「確かに……」

普段から妖魔に狙われる華だが、今日は一度も遭遇していない。

妖魔は負の感情が濃い場所に集まってくるものなのにだ。

「負の力は感じたのに、それは残り香のようにすでに消えかけていた。なら、それはどこに行ったのか。それが問題だ。動物の変死体があった場所には、二件の被害者の遺体に残っていた禍々しい力の気配が残っていた」

そんなもの感じていなかった華は首をかしげる。

「……お前、ちゃんと授業受けてないだろう」

「だって、術者になる気なんて一切ないんだもの」

「普段、授業中なにしてるんだ」

「寝てる」

すかさず朔からチョップが飛んできた。

「これからはちゃんと起きとけっ」

「はいはい。今はそれより事件のこと」

朔は深い溜息を吐いて、気を取り直す。

「とりあえず、次の所に行くぞ」

「まだあるの？」

「次で最後だ」

もう歩きたくない華の手を引いて、朔はサクサク歩き出す。

着いたのは、なんてことない駐車場だ。

「ここ？」

「そうだ。いいか、よく見てみろ。この場にある異物を感じるんだ。普段から妖魔と遭遇してる華なら、力の気配を視ることができるはずだ」

そう言われてじっと注視する。

全身を使って、人ならざる者の気配、穢れ、負の感情という目に見えないものを感じとる。

最初はよく分からなかった華だが、精神を落ち着かせ集中すると、朔の言う異物を感じることができた。

それは確かに背筋が寒くなるほどの、怨嗟の念だった。

まるで、悲鳴が聞こえてきそうなほどの恨みと憎しみといった感情。

けれど、それは今にも消えてしまいそうに弱い。

「うん。なんとなく分かった」

「さすが筋がいいな」

「普段から妖魔を見てるからね。妖魔の力には敏感だから。けど、ここのは少し違う気がする」

「まだ妖魔ではないからだろう。それに別の気配がしているのも感じるか？」

華はもう一度集中してみる。

ここで殺された生き物とは違う、それよりももっと禍々しい強い力。

それは妖魔のようでいて、妖魔のようではない、華も初めて感じる力だった。

「なんか変なのは感じるけど……なんだろ、これ？」

「同じものが被害者二名の傷痕（きずあと）からも感じられた。そいつが今回の目標だ」

「目撃者は犬って言ったんだって？　しかもしゃべったって」

「ああ」

言葉を話す妖魔は聞いたことがない。

妖魔は、たくさん集まった負の感情の塊。個は存在せず、故に意思はない。

ただひたすらに世界を恨み、力を欲している。

なので、誰か特定の者をなんらかの理由を以（もっ）て襲った今回の件は妖魔のせいとは断定できなかった。

きっと朔は妖魔ではない、別の存在の可能性を考えているのだろうと華は思った。

「妖魔でなかった場合、なんだと思う？」

「意思のある存在……。もしくは呪いの類（たぐ）いかもしれない」

「呪いだったら私は手を貸せないよ？」

呪いだった場合は、呪い返しをする必要があるが、呪いの類いは下手をすると術者にも返ってくる。

それ故に学生のうちでは危険すぎて教えられないのだ。

三色以上の術者になって、ようやく教えられる。

五色の術者である朔は当然知っているだろうが、学生である華は呪いに関しては存在ぐらいしか知らないのだ。

「分かってる。その場合は華は手出ししなくていい。というか、絶対にするな」

それを聞いてほっとしたが、完全に安心などできない。

しばらくその場に留まったが、めぼしいものは見つけられずに移動することにした。

「朔～。お腹減った」

「そうだな。一旦休憩するか」

ちょうど近くにショッピングモールがあったので、そこなら飲食店もあるだろうと中へ入る。

「あっ、ちょっとトイレ」

「とっとと行ってこい」

「はーい」

華がトイレをすませて出てくると、朔が女性二人から逆ナンを受けていた。

「おおっと」

華は足を止め、陰からこっそり覗いて様子を見る。

「ねぇ、いいでしょう？」

「私達と食事でもしようよぉ」

猫なで声で朔にすり寄る大人な女性二人は、ずいぶん自分に自信があるのだろうか。

かなり強引にグイグイと朔に秋波を送っている。

肉食女子とはよく言ったものだ。

目つきが狩りをする肉食獣そのものだった。

あの中に入っていけるか？

いや、無理だ。

少し様子を見てみようと、その場で待機していると、見るからに朔の顔が不機嫌になっていくのが分かる。

だが、そんな顔をしていてもかっこいい朔の顔は、否が応でも女性の視線を惹き付けてしまう。

打てば響くようにツッコまれ、傲岸不遜な性格を知っている華は、これまであまり気にしていなかったが、朔は町を歩けばわずかな間で女性を虜にしてしまうほどの容姿の持ち主だ。

「うーん、これで性格がよければ完璧なんだけど」

残念ながら華に負けず劣らずの性格の悪さだ。

「残念イケメンとは朔のためにある言葉だよね～」

『残念なの？』

あずはの返しに、華はうんうんと頷く。

「そうそう。顔だけはいいんだけどね。顔、だ、け、は」

あはは、っと笑っていたらいつの間にか背後に朔が立っていた。

「ほお……」

青筋を浮かべて笑う朔の目は笑っていない。

「さ、朔、さん……。いつの間に……」

華は頬を引きつらせる。

「顔だけで悪かったな」

「聞こえてました？」

「ああ、バッチリな。人がからまれているのを我慢して待ってるっていうのに、陰でこそこそ悪口か？」

華はマズい！　と視線を合わせられずうろうろさせる。

「えーと……」

しどろもどろになっていると、先程朔をナンパしていた女性二人がこっちにやって来た。

「ねぇねぇ、なにしてるの？」

「一緒に行こうよ」

朔は女性達から華の顔に目を移して、ニヤリとなにか企んでいるような悪い顔をした。

その顔を見て、華の頭に危険信号が灯ったが、逃げることもできず。

次の瞬間、ぐいっと頭を引き寄せられ華の唇は朔に奪われていた。

「ん～ん～ん～！」

離れようとしたが離れず、まるで女性達に見せつけるようにそれは深いキスを続ける朔に、華はパニック状態だ。

抵抗する力もなくし、朔にしがみつくことしかできなくなった頃、ようやく朔は唇を解放した。

華は顔を真っ赤にし、息も絶え絶えだ。

そんな華に気分をよくした表情を浮かべ、次に視線を女性達に向ける。

「いつまで見てるつもりだ？　俺は妻とデートで忙しいんだ」

熱烈なキスを見てしまった女性達は顔を赤くし、居心地悪そうに急いで去って行った。

「やっといなくなったか」

清々したというようにふんと鼻を鳴らす朔に、華は言いたいことがたくさんある。

だが、結局はこの言葉に集約される。

「朔の馬鹿ぁ！」

「安心しろ。華よりは頭のできはいい」

「そういうことじゃない！」

「じゃあ、どういうことだ？」

不敵に笑う朔の顔がなんとも憎らしい。

「嫌なら離れたらどうだ？」

腰砕けになっていて、しがみついていなければならないことを分かっていながらそんなことを言うのだから本当に意地が悪い。

「やっぱり顔だけのくせにぃ」

悔しいかな。しかし、朔が華を抱く手は優しく、それが余計に悔しい。

そして、一番はそんな朔のキスに嫌悪感を抱いていないことが悔しい。

そんなこと、決して口には出さないが。

そんな端から見たらいちゃついてるカップルにしか思えない二人の耳に、大きな声が入ってくる。

「あー、華ちゃんだ！」

声のした方を見ると、少し離れたところから鈴が華を指差していた。

鈴は急いで走ってくる。

「鈴!?　どうしてここに？　学校は？」

「やだなぁ、華ちゃんたら。今日の授業は午前中までだよ。だから、学校帰りにゆう君とデートしてたの」

「ゆう君？」

ふと鈴の後ろを見ると、以前に見せてもらった写真通りのチャラそうな男性が一緒にいた。

本物を見るとなおのことチャラさが目立つ気がする。

「それよりも華ちゃん……」

鈴は朔と抱き合っている華を見てニコニコと微笑む。

「うふふ。仲良しさんだね」

華は急いで朔と距離を取った。

「そ、そういうのじゃないから」

「もう、恥ずかしがらなくていいんだよ。華ちゃんがご当主様のこと大好きなのは知ってるから」

「へぇ、そうなのか」

朔がニヤニヤしていたので、華は慌てて否定する。

「違う違う！」

「そうか、華は俺が大好きで仕方ないんだな」

「違うからっ。学校でおかしな噂になってるだけ！　鈴、お願いだから余計なこと言わないで」

　華は必死である。

　朔はからかいのネタが見つかったように楽しそうにしているのでたちが悪い。

「あっ、挨拶がまだでした。私、華ちゃんの友人の三井鈴です。こっちは彼氏の波川雄大君です」

「ちーすっ」

　金髪でたくさんピアスをつけたチャラそうな見た目の雄大は、その見た目通りに話し方もチャラかった。

「なあなあ、そいつ鈴の知り合い？　むっちゃイケメンじゃん。俺には劣るけどな」

　ケラケラと笑う雄大は、とてもじゃないが品がいいとは言いがたい。

「駄目だよ、ゆう君。一ノ宮様はすっごく偉い人なんだから」

「なんだよ、別に総理大臣ってわけでもないんだからいいじゃん」

いや、ある意味総理大臣も目じゃないぐらい権力を持っているのだが、一般人らしい雄大が分かるはずもない。

朔の持つ権力の大きさを知る鈴は、平身低頭で朔に謝っている。

「すみません、一ノ宮様！」

必死で謝っている鈴を目にしても平然としている雄大の好感度はどんどん減っていっている。

お前が頭を下げろと。

「鈴、そのぐらいで朔は怒らないからさ。デート中なんでしょう？　もういいからここら辺で……」

「あっ、せっかくだからダブルデートしてもいいっすよ。俺らこれからランチに行くんすけど、奢ってくれよ、おっさん」

朔の頬がピクリと動く。

「ゆ、ゆう君！」

「鈴だって友達と一緒にランチしたいっしょ？」

「そりゃあ、したいけど……」

「じゃあ、決まりー。あんた一番年上なんだし奢ってくれるよな？」

雄大は馴れ馴れしく朔の肩に手を乗せた。

これはさすがに失礼すぎるので朔も本気でキレるかとハラハラした華と鈴だったが、予想に反して朔は怒らなかった。

そればかりか、一緒にランチをすると言い出したのだ。

これには驚いたが、鈴は嬉しそうだったので華も拒否はしなかった。

けれど、ランチで雄大のおすすめの店に行く途中、朔に問う。

「よかったの？　さすがにあの態度は朔も怒ると思ったのに。私だったら一発殴ってたかも」

それはもうガツンと、吹っ飛ばす勢いでいっていただろう。一発ですんだか分からないが。

「そうだな。あの態度はいただけないが、少し様子を見たい」

「なにか気になることでも？」

「あいつから血の臭いがする」

「血の臭い？」

華は別に臭わなかった。

「気のせいじゃないの？」

「いや、これは術者としての直感みたいなものだ。あいつ、なにかあるかもしれない」

朔は確信しているかのように言葉には自信があり、華はなにも言えなかった。

術者としての経験も実力も、五色である朔が圧倒的に上なのだ。

勘だからと、華が軽く考え切って捨てることはできない。

「よりによって鈴の彼氏だなんて……」

嬉しそうに惚気ていた鈴の顔が頭をよぎり、なんとも言えない気分になる。

「ただの勘であってくれたらいいんだけど……」

鈴の友人としてはそれを切に願うしかなかった。


雄大のおすすめという店で、四人でランチを取る。

なにげに学生が行くには高そうな店を選んでいるのは、奢りを期待してのことなのか分からないが、そうだとしたらけっこうクズではなかろうか。

初対面の相手にねだる時点で相当失礼な人間だが。

まあ、一ノ宮グループのトップである朔にしたら微々たるものなので本人は気にしていないようだが、華はなんとなく引っかかる。

なにはともあれ、ずっと歩き通しだったので、やっと椅子に座れてほっと一息吐けた。

料理が運ばれてくるまでの間も雄大の馴れ馴れしい態度は変わらずで、幾度となく朔に無礼な言葉を投げかけては、その度に鈴が謝るということを繰り返していた。

優しくてかっこいいゆう君と聞いていたのだが、彼のどこがよかったのか、鈴には悪いが華にはまったく理解できない。

けれど、鈴が雄大を見る目は恋する乙女そのもので、楽しそうにしているのを見ると複雑な気持ちになる。

しかし、鈴を心配する友人として、ここははっきりこの男は止めておけと忠告すべきなのかもしれないとも思うのだが、そんなことをしたら鈴に嫌われないかと心配でもあった。

雄大の言動にイライラとしながら食事を終えると店を出る。

「いやぁ、マジうまかった」

「ゆう君、一ノ宮様にお礼しないと。ありがとうございます」

「ああ、いい。気にするな」

「だってよ。さすが大人は気前がいいよな」

鈴が頭を下げる横で、礼の一つもない雄大には怒りを通り越して呆(あき)れてしまう。

ふと鈴を見ると、悲しげな顔をしていた。

たまらず華は鈴の手を取ると、「トイレ行ってくる」と言って無理やり鈴を引っ張ってその場を離れる。

自然と朔と雄大が二人きりになってしまうが、朔ならばなんとかするだろう。

そうしてトイレに行ったが、特に計画があるわけでもなく、何を話していいか分からなかった。

ただ、あの場から鈴を連れ出したかった。

沈黙が続く中、ぽつりと鈴が謝る。

「ごめんね、華ちゃん。せっかくデート中だったのに邪魔しちゃって」

「鈴が悪いんじゃないでしょう？　どう考えたって悪いのは……」

華は言葉を濁す。

けれど、じゅうぶん鈴には伝わった。

「ゆう君は最初本当に優しい人だったの。本当だよ？　けど、付き合ってくうちにだんだん人が変わってきたっていうか……」

「鈴は今日の彼の態度とか見てどう思った？」

「……失礼すぎてあり得ないって思った」

鈴は言いづらそうに呟いた。

「鈴はちゃんと分かってるじゃない。鈴の友人としても彼はあり得ないって思う。でも、それは私の気持ちで、鈴の気持ちじゃない。鈴はどうしたい？　本当にあの人と付き合っていける？」

「…………」

鈴はすぐには答えられず言葉に詰まっていた。

「私は鈴が選んだことなら応援する。その選択が間違ってるのか正解なのか分からないけど、鈴が幸せだと最後に笑える選択をしてほしい。相談ならいつでも乗るから」

「華ちゃん……」

鈴は目を潤ませて、静かに鼻をすする。

グスグスと涙を流す鈴の頭を、華は撫でることしかできない。

けれど、少し経てば鈴はいつも通りの笑顔を見せた。

「ありがとう、華ちゃん。一度しっかり考えてみる」

「うん。鈴は見かけによらずしっかりしてるから大丈夫だよ」

「見かけによらずってひどい」

むくれる鈴に、華は声を上げて笑った。

朔達の所へ戻れば、楽しそうに会話していた。

いや、楽しそうなのは雄大だけで、朔の方はキレるのを我慢しているようにも見える。

朔が限界を突破する前に、二人に合流。

雄大と鈴が話している隙に、華も朔と話す。

「大丈夫だった？」

「そう見えるか？」

「えっと、ぶち切れ一歩手前って感じ」

無理やり作った笑顔が怖いので、自分に向けるのは止めてもらいたい。

「だが、収穫はあった」

「なに？」

「あの男、これまでの被害者全員と面識があるようだ」

「えっ!?」

大きな声で驚いてしまった華は慌てて両手で口を塞ぐ。

鈴の方を見て、こちらを気にしていないのを確認してから手を離す。

「それって、朔が言ってた血の臭いと関係ある？」

「そこまでは分からないが、放置はできないな。華はあいつのことどこまで知っているんだ？」

「知っていることなんて鈴の彼氏ってことぐらいよ」

朔は舌打ちする。

「鈴にそれとなく聞いてみる？」

「止めておけ。最悪、お前の友人を巻き込むことになりかねん」

「じゃあ、どうするの？」

「監視を付けて、その間にこれまでの事件と関係があるか調べるしかないな。念のためお前の友人には調査が終わるまで男に会うなと言っておいた方がいい」

「ほんと、よりによって」

なんと迷惑な男だろうか。

万が一雄大が原因で鈴が巻き込まれでもしたら、華はやつを末代まで祟るしかない。

本当はランチが終わったらそそくさと退散するつもりだったが、鈴と雄大を二人きりにさせるのは危険だと判断し、その後のデートに華と朔も付き合うことにした。

いつなにがあってもいいようにと気を張る華の眉間には、知らず知らずのうちにしわが寄っており、眉間を朔が人差し指で押す。

目を瞬く華は、優しく微笑む朔と目が合った。

「そんな気を張り続けていると疲れるぞ。もう少し気楽にいけ」

「そんなこと言ったって」

鈴が巻き込まれるかもしれないのだ。華としては気楽になどいられない。

「安心しろ。俺がいるだろう。俺がいる限り、華も華の友人も護ってやる」

それはどこまでも自信に溢れたものだった。

朔の言葉を聞いて自然と華の肩から力が抜ける。

とても偉そうで、傲岸不遜だったが、心から安心することができた。

まだそんなに同じ時を過ごしていないのに、いつの間にか朔に対して信頼を感じるようになっていたようだ。

優しく華の頭に置くその大きな手の温もりに力づけられる。

「うん。ちゃんと護ってよ」

華は小さく笑った。


そして、なにも起こらないままショッピングモールを出て帰り道を歩く。

後は見送るだけ。

その後は家に着いたのを見計らい、鈴にはある程度の理由を話して関わらないように告げよう。

そんなことを考えて歩いていた逢魔が時。ちょうど大きな空き地にさしかかったところでそれはやって来た。

最初に気が付いたのは朔だった。

ピタリと足を止め、急に周囲に視線を巡らせる。

「朔、どうかしたの？」

華の声で、鈴と雄大も足を止める。

「華ちゃん？」

「なんすか？」

二人も不思議そうな顔で朔に視線を向ける。

次の瞬間。

「逃げろ！」

朔の怒鳴り声と同時に、暗がりから黒く大きいなにかがこちらへと突進してきた。

「きゃっ！」

「な、なんだよあれ！」

鈴と雄大は慌てて空き地の方へと走っていく。

すると二人を追うように、それも同じ方向へ走っていく。

「なんだ、なんだよ」

「ゆう君！」

逃げ惑う二人は一緒になって黒いそれから逃れようとするが、少し鈴が遅れだした。

とっさに雄大の腕を掴んだが、あろうことか雄大は助けを求める鈴の手を振り払ったのである。

「放せ！」

「きゃあ！」

勢いそのままに地面に倒れてしまった鈴の目の前で黒いそれが止まる。

「あっ……」

顔面蒼白で怯える鈴は必死に逃げようとするが、足に力が入らないようで座り込んだまま後ずさることしかできないでいる。

「鈴！」

華は反射的に鈴と黒いなにかの間に立ち塞がった。

「結！」

焦りをにじませた朔の声と共に、華と鈴の二人を護るように結界が作られた。

朔の結界だと理解すると、わずかに安堵する。

視線を巡らせれば雄大にも結界を張ったようで、雄大は自分を囲う結界の存在に目をぱちくりさせていた。

なぜだか分からないが、黒いそれは執拗に雄大を狙っていて、目の前にいる華達には目もくれず雄大へと向かっていった。

最初の攻撃は朔の結界に阻まれる。けれど、その一撃で朔の結界が揺らいだ。

あまり長く保たないことは術者であるならすぐに分かっただろう。

朔も短時間で決着をつけることを選び、黒いそれに向けて力を放つ。

力が命中したそれは「ぐぎゃぁぁ」と苦悶の叫びを上げる。

のたうち回る黒いそれは次第に形をはっきりとさせていった。

「犬？……いや、狼？」

そう、それはとても大きな黒い狼だった。

目は血走り、憎々しげに顔を歪めて、ただひたすら雄大を睨み付けている。

攻撃した朔を一瞥すらせずに雄大へ突撃した体当たりは朔の結界に防がれたが、結界の中にいる雄大は怯えて足がすくんでいるのか逃げようとすらしない。

「葵」

華が呼べばすぐに葵が姿を見せた。

「葵、鈴を家まで送っていって」

「主はどうするんだ？」

「朔と一緒にあれを倒さないとでしょう？」

不機嫌そうな顔をしているのは、ここから離れることへの不満の表れだろう。

「大事な親友だから葵に託すの。お願いね」

「そんなこと言われたら断れないこと分かってて言ってるんだから、主はずるい」

しぶしぶという様子で、座り込む鈴を抱き上げる葵。

「えっ、華ちゃん？　この人は？」

「私の式神よ。危ないから鈴は早くここから離れて」

「華ちゃんは？」

華はそれには答えず、にこりと微笑む。

「葵、お願い」

「分かった」

「華ちゃん！」

葵の腕から下りようと暴れる鈴に手をかざす。

「また今度詳しく説明するから」

そう言ってスッと顔の前で手を振ると、ゆっくりと瞼が下り、鈴から力が抜けた。

葵に視線を送れば、こくりと頷いて鈴を抱き上げたまま空き地から離れていった。

それを見送って華は朔の下へ駆け出した。

雄大を囲む結界は今にも壊れそうで、朔が必死に狼を滅しようとしているが、朔の攻撃を受けても雄大から目を離そうとしない。

そしてとうとう朔の結界が破壊される。

華は体当たりするように雄大を突き飛ばした。

それにより雄大に噛みつこうとした牙は華の腕に食い込んだ。

「くぅ、あぁぁ！」

あまりの痛さに目の前がチカチカする。

けれど、それと同時に狼の感情と記憶が走馬灯のように流れ込んできた。

それは、痛くて苦しくて言葉では言い表せない深い憎しみ。そしてそれらを包む悲しいほどの優しさ。

華は腕の痛みに耐えきれずその場に倒れ込んだ。

「華！」

朔の声が遠くで聞こえる。

今にも意識が飛びそうになったが、ここで気絶するわけにはいかなかった。

今見た情景が本当なのだとしたら、止めなければならない。

朔が狼を攻撃しようとしているのを視界に捉えて、苦痛に顔を歪めながらも身を起こす。

あれを攻撃してはいけない。

「朔、駄目！　それは犬神。たたり神よ」

華の叫びに朔は攻撃するのを躊躇した。

「たたり神？　どういうことだ⁉」

朔は自分と雄大に結界を幾重にも張り直し、守りの態勢に入る。

華は傷付いた腕を無視して朔の結界の中に入ると、座り込んでいる雄大の胸ぐらを摑んだ。

「すべてはこいつが、こいつらが元凶だったのよ！」

怒りを込めて睨み付ければ、雄大は「ひっ」と小さな悲鳴を上げた。

「ここ最近起きていた犬の大量虐殺はこいつと、他の被害者……ううん、被害者なんて呼ぶのはおこがましいわ。狙われた三人とこいつがやったことよ！」

「おい、本当なのか⁉」

朔は声を荒げて雄大に問いかけるが、雄大は怯えるだけで返事をしない。

たまらず華は頭突きする。

「はっきりしなさいよ！　あなた達が犯人なんでしょう⁉」

華の迫力の前に、雄大は言葉に詰まりながら頷く。

「そ、そうだよ。俺達がやった……」

「こんの馬鹿野郎めがっ！」

華は渾身（こんしん）の力を込めて雄大の顔面に拳（こぶし）を叩（たた）き込んだ。

「がっ！」

華にぶん殴られた雄大はそのまま後ろに倒れ気絶した。

華は鼻息荒く雄大を見下ろす。本当はもっと殴りつけたいがそれどころではなかった。

すぐ側には結界を壊そうと攻撃を続ける犬神のなれの果てがいて、朔はたたり神を前に眉間にしわを寄せる。

「たたり神か……。厄介だな」

たたり神は堕ちた神だが、元は神である。

五色の朔の力を以てしても、人が神を祓うのは簡単なことではない。

ましてや、神を祓う……つまり殺すということは、神殺しの業を背負うことになる。

その代償がどんなものになるかはその時にならねば分からない。

かなりのリスクを伴う行為だった。

「くそっ。どうする……」

朔ですら躊躇う神殺し。

けれど、そんなことをさせるつもりは、華にはさらさらなかった。

華は結界から出るとたたり神に向かっていった。

「華！」

焦る朔の声が聞こえたが、華はたたり神だけを見据えた。

そして、その首に抱き付くと、拘束するように結界を張る。大きく暴れようとするたたり神を強く抱き締め叫ぶ。

「あずは！　雅！」

呼び声に応じてあずはが羽ばたき、虹色の羽からキラキラと光る鱗粉が頭上から降ってくる。

そして、犬神の周りで雅が手にした神楽鈴を鳴らした。

シャラン、シャランと鈴が鳴るに従い、犬神は正気を取り戻したように落ちついていく。

元々はこの地に住まう優しい神だった。

だがそれ故に、傷つけられ殺された犬達の恨みや憎しみの心を放っておけず、犬神は身の内に彼らの想いを受け入れた。

けれど、あまりに数が多く、大きすぎる負の感情は犬神を蝕み、たたり神へと堕としてしまったのだ。

「あなたがこんなことをする必要はない。こんな男のせいで、あなたが苦しめられることなんてないの。この男にはそんな価値すらない」

うなり声を上げた後、犬神は初めて言葉を発した。

『……だが、苦しいのだ。憎いのだ。身を焼くような恨みはこの男を殺さなくては晴れることはない。我を殺してくれ。そうすればもうこれ以上堕ちることはない。恨みたくない。傷つけたくない……』

悲しいほどの慟哭。

こんな男のせいでこれほどに心優しい神が苦しむなど理不尽だ。

「あなたはまだ堕ちきってはいない。優しい神様に戻って」

『無理だ。この身の中に取り込んだ哀れなる者達の強い想いが私を蝕んでいる。私と同調し私の意思では引き剝がせない』

「分かった。私に任せて」

華はたたり神の結界を解くと、たたり神に力を流していく。

それはあずはや朔に行った、ただ力を強くさせるためだけのものとは違う、たたり神となってしまった犬神本来の力を強くするもの。

澱んだ水を綺麗に洗い流すようなそんな力。

けれど、それだけでは足りない。

「雅、舞をお願い」

「かしこまりました」

雅は再び神楽鈴を手にすると、シャンシャンと音を鳴らしながら舞い始めた。

たたり神を中心にその周囲を舞い踊る。

美しい鈴の音が心地よく響き渡り、雅の身につけている羽衣がふわりと翻る度に、その中心にいるたたり神の身を浄化していく。

そして力を流し続けていた華は、犬神と犬神に同調している負の心との境目を探る。

まるで針の穴に糸を通すような繊細な力の制御を必要とした。

外界の音すら聞こえなくなるほどに集中する華にそれはついに見えた。

雅の浄化の舞により、犬神と同調する多くの犬達の負の感情との境目を見つけた華は、一気に境目に力を送り犬神を引き剝がした。

それと共に勢いよく後ろに倒れた華を朔が抱き留める。

華の腕の中には、犬達の深い憎しみから解放された犬神の姿があった。

華の倍以上の大きさがあった犬神は華の腕にすっぽりおさまるほどの大きさになっていた。

ほっと息を吐く華だが、まだ終わってはいないと視線を上げる。

先程までたたり神がいた場所には、犬神を蝕んでいた犬達の恨みや憎しみの塊が残されていたのだ。

あれを放置すれば、今度は妖魔となって別の被害を引き起こすだろう。

けれど、妖魔になっていないならまだ取り返しは付く。

「雅、彼らを浄化してあげて」

雅の持つ神楽鈴が涼やかな音を立てながら天へと捧げられる。

すると、犬達の強い強い想いは浄化され、空へと還っていく。

犬神はそれを華と共に悲しそうな眼差しで見送っていた。

後には静寂が残される。

「終わった、のか……？」

朔は信じられないという顔で呆然としていた。

華は未だ抱き締めたままになっていた犬神に視線を落とす。

「もう大丈夫？」

『ああ。本当に助かった。心からの礼をそなたたちに』

そう言って、犬神は華の頬を舐めた。

くすぐったそうに小さく笑った華は、次の瞬間、ばつの悪そうな顔をする。

「……それでさ、すごーく言いづらいんだけど」

『なんだ？』

「あなたから犬達の心を引き剝がすためにあなたに大量の力を流したでしょう？」

『そのようだな』

「あなたは弱っていたから、そのせいであなたの中では私の力の方が上回っちゃったわけなの。で、どうやら思いがけず調伏したような感じになっちゃったようで……」

「おいおい……」

朔は顔を引きつらせるが、犬神にはどういうことか分かっておらず、こてんと首をかしげる。

「えっと、つまりね、あなたを私の式神にしちゃったようなのよ」

朔は顔を手で覆い、「マジか……」と呟く。

「できれば解放してあげたかったんだけど、私とあなたの間に繋がりができて切り離すのは難しいかもで。ほんっとにごめん！」

しかしこれは不可抗力だ。

決して狙ったわけではない。

『私は構わない。そなたにはなにか礼をと思っていたのだ。そういうことならば、そなたが生きているうちはそなたの式神として従属しよう』

犬神は華が思うよりあっさりと受け入れた。

よかったと胸をなで下ろす華と違い、朔は驚いた様子で犬神に聞き返す。

「本気で言ってるのか⁉　神が人に従うと言うのか？」

「なによ、朔。そんなに大きな声出さないでよ」

「出さずにいられるか。神だぞ。普通に術者の力で作り出した式神とは格が違うんだ」

「本人がいいって言ってるんだからいいんじゃない？」

なんとも軽い華の反応。

だが、朔が驚くのは無理もなく、神とは普通プライドがかなり高いのである。

過去にも神を式神とした術者はいたにはいたが、そう簡単に式神とすることなど許されない。

今回は不可抗力で華と犬神の間に力の繋がりができてしまったが、その場合神が不満に思えば人に神罰を与えて殺してしまうことだってできるのだ。

決してそんなあっさり納得されるものではない。

朔の驚きをよそに、華はあまりに軽く、そのことを深く考えていないようだ。

今も、「式神になったなら名前決めないとねー」などと楽しげに犬神と会話している。

「嵐なんてどう？　かっこいいでしょう？」

『嵐か。よい名前だ』

「朔、連れて帰っていいでしょう？」

「好きにしてくれ……」

まるで捨て犬を連れて帰るかのような華に、朔はもう言葉もない。

「いろいろと疲れた……。早く帰るぞ」

朔はポケットからハンカチを出すと、先程嵐に噛まれ血が出ている華の腕をきつく縛った。しかしすぐに血がじんわりと滲んでくる。

「先に病院の方がいいかもしれないな」

『すまない』

しゅんとする嵐の頭を、華は気にするなというように撫でる。

「大丈夫よこれぐらい。雅、あずは、帰るよー」

華が呼べば二人はすぐに寄ってきたが、なにかを忘れている気がする。

そう思っていたら、少し離れたところで倒れていた雄大が目を覚ましたようだ。

「あっ、化け物は⁉　うわっ、鼻血が出てる！」

ぎゃあぎゃあ騒いでいる雄大の声で、朔もその存在を思い出したようだ。

「あれの始末を忘れてたか」

「どうするの？　まさか無罪放免になんてしないよね？」

雄大とその仲間のせいで多くの命が失われ、神聖なる神をたたり神に堕としてしまったのだ。

その罪は償ってもらわねば腹の虫がおさまらない。

「安心しろ。知り合いの警察官に連絡して引き取りに来てもらう」

そう言うと、朔はどこかに電話し始めた。

しばらくして連絡を受けてやって来た警察官に雄大を引き渡す。

最後まで騒いでいたが、一連の犬の大量虐殺の犯人としてパトカーに乗せられて行ってしまった。

「あいつは人間の法で裁かれる。この国の法律だと軽い罰になってしまうだろうけど、殺すのは勘弁してやってくれ……」

『ああ。それでいい』

殺したいほどに憎んでいただろう犬神……いや、嵐の眼差しはとても穏やかだった。

そのことに華も安心して家路につく。

＊＊＊

犬神を式神として連れて帰ると、さすがの美桜もめまいを起こすほど驚いたようだが、とりあえずは新たな家族として受け入れられた。

華の他の式神とも相性は悪くないよう。

華は雄大を庇（かば）って受けた腕の怪我のせいで熱を出し、ベッドの住人となってしまった。

怪我の原因となった嵐がすまなそうに横に座るので、華まで申し訳ない気持ちになってくる。

だが、数日もすれば体調も戻り、学校へも行けるようになった。

何日かぶりに学校へ行けば、鈴が心配そうに駆け寄ってくる。

「もう大丈夫なの、華ちゃん？」

「平気平気」

鈴には、熱で寝込んでいた華に代わり、朔がある程度の説明をしてくれていた。

最初こそ驚いていたようだが、鈴も術者を目指す者。

すぐに冷静になって朔の話を受け止めたようだ。

熱が引いてからは何度か電話で話しており、その時に葵や雅の存在を教えたのだが、これまで力を隠していたことを水臭いと叱られてしまった。

けれど、一通り不満をぶつけた後は、いつも通りの鈴に戻ったことに華は安堵したのだ。

力があろうとなかろうと変わらぬ鈴の存在に華の心は助けられる。

「そう言えば、鈴の彼氏のことは聞いた？」

雄大は生き残ったもう一人と共に、警察に捕まった。

たたり神を生み出した原因となった二人に、術者協会がブチ切れて全勢力を動員して証拠集めに奔走したそうで、あっという間に起訴されたようだ。

そのことを今朝聞かされた華は、さぞかし鈴が落ち込んでいるのではないかと心配して登校してきたのだが、鈴はケロリとしている。

「あっ、華ちゃん、もう彼氏じゃないよ」

「えっ？」

「一ノ宮様に話を聞いたら、驚くほど気持ちが冷めちゃって、別れるってこと手紙にしてゆう君に渡してもらえるように一ノ宮様にお願いしたの。だから私とゆう君はもう無関係だよ」

「いつの間に……」

「動物にひどいことするなんてあり得ないもの。百年の恋も冷めちゃうよ」

そう口にする鈴はすっきりとした顔をしていたので、華の心配も消えていった。

一連の事件も終わり、後始末は朔がすべて終わらせてしまったので華がやることはない。

なので、自室でゴロゴロとしながら、新たな式神となった嵐の毛に顔をうずめるのが最近の至福の時だ。

これがなんとも言えぬもふもふ感で、嵐が文句を言わないのをいいことに存分に愛でている。

「だらけすぎだぞ」

嵐から顔を上げれば、朔が呆れた様子で華を見ていた。

「朔もやってみる？」

「いらん」

「人を駄目にする魅惑のもふもふなのに」

「そんなことより、柱石の結界が安定してきた」

事件が解決したことで朔も手が空き、ここ最近は集中して柱石に力を送り続けていた。

どうやらその成果が出てきたようだ。

「それなら私はお役御免？」

「そうなるな。もう華の力を借りなくとも俺一人で維持できるだろう」

「やったー」

華は大げさなほどに喜んで両手を上げた。

「じゃあ、これで契約満了。約束の報酬は忘れてないよね？」

華はニコニコ顔で問う。

「ああ。ちゃんと報酬は払う」

「わーい。じゃあ、手っ取り早く離婚届にも判押しちゃってね」

一瞬、これで朔との関係もなくなるのかと考えると寂しさがよぎったが、それを振り払うように自由を手に入れたことを喜ぶ。そんな華のテンションが最高潮に達したところで、それを冷ます朔の一言。

「しないぞ」

「へ？」

「だから、離婚はしない」

「は？」

華は言っている意味が分からなかった。

なぜなら、この結婚は結界のための契約婚。

結界が完成したなら華はお役御免になるはず。けれど、朔は離婚しないと言う。

「どういうこと⁉」

華は朔に詰め寄った。

先程までの機嫌のよさは吹き飛び、ただただ戸惑いと疑問に溢(あふ)れている。

「契約書にちゃんと書いてあるだろう？」

「えー？」

華は急いで朔と交わした契約書を引っ張り出し、上からもう一度確認していく。

そして、最後の二行。それは少し前に事件の捜査に協力するという条件で加えられた文章だ。

一つは問題ない。

捜査に協力し解決すれば、海の見える別荘をくれるというもの。

けれど、一番最後の一文は華に覚えのないものだった。

「……報酬は契約満了と同時に支払われるが、離婚には応じない。その後も夫婦関係を続けるものとするぅ!?　なお、不服がある場合は条件追加後三日以内に申告することと?」

「そうだ。そして、三日経っても華から文句が出なかったので、夫婦関係は今後も続行だ」

疑問を投げかけるように朔の顔を見る。

「さ、詐欺だぁぁ!」

「人聞きの悪い。ちゃんと契約書を読んでいない華が悪い」

「でもでも、そうだけど……」

確かに確認しなかった華の責任だが、そんな一文まで付け加えているとは思わないではないか。

「そういうことで、これからもよろしく頼む。奥さん?」

「なんでぇ?　なんで急にこんなことするのよ。さっさと別れて美人で器量よしなお嫁さんもらえばいいじゃない。朔ならすぐ見つかるでしょう?」

理解不能という様子の華に、朔は不敵な笑みを浮かべ、頬に手を滑らせる。

華をじっと見つめる強い眼差(まなざ)しに、背筋がぞくりとする。

「お前が俺を本気にさせたからだ、華」

「それってどういう……」

言い終わる前に朔の唇が華の口を塞いだ。

それは一瞬のことで、けれど華の反論の言葉を防ぐにはじゅうぶんだった。

「お前が欲しくなった。偽物ではなく、華と本当の夫婦になりたい」

熱を持った眼差しが華を射貫き、華は言葉が出ずにパクパクと口を開閉させることしかできなかった。

「早く俺に惚れろ、華」

意地が悪そうに口角を上げる朔に、華は気絶したくなった。

どうか夢であってくれ。

そう願うが、再び重ねられた唇に、華はなにも考えられなくなるのだった。

本書は書き下ろしです。
この作品はフィクションであり、実在の人物・地名・団体等とは一切関係ありません。

結界師の一輪華

クレハ

令和3年 12月25日　初版発行
令和6年　5月15日　15版発行

発行者●山下直久

発行●株式会社KADOKAWA
〒102-8177　東京都千代田区富士見2-13-3
電話　0570-002-301（ナビダイヤル）

角川文庫 22963

印刷所●株式会社KADOKAWA
製本所●株式会社KADOKAWA

表紙画●和田三造

●お問い合わせ
https://www.kadokawa.co.jp/（「お問い合わせ」へお進みください）
※内容によっては、お答えできない場合があります。
※サポートは日本国内のみとさせていただきます。
※Japanese text only

ISBN 978-4-04-111883-2　C0193

◆◇◇

角川文庫発刊に際して

角川源義

第二次世界大戦の敗北は、軍事力の敗北であった以上に、私たちの若い文化力の敗退であった。私たちの文化が戦争に対して如何に無力であり、単なるあだ花に過ぎなかったかを、私たちは身を以て体験し痛感した。西洋近代文化の摂取にとって、明治以後八十年の歳月は決して短かすぎたとは言えない。にもかかわらず、近代文化の伝統を確立し、自由な批判と柔軟な良識に富む文化層として自らを形成することに私たちは失敗して来た。そしてこれは、各層への文化の普及滲透を任務とする出版人の責任でもあった。

一九四五年以来、私たちは再び振出しに戻り、第一歩から踏み出すことを余儀なくされた。これは大きな不幸ではあるが、反面、これまでの混沌・未熟・歪曲の中にあった我が国の文化に秩序と確たる基礎を齎らすためには絶好の機会でもある。角川書店は、このような祖国の文化的危機にあたり、微力をも顧みず再建の礎石たるべき抱負と決意とをもって出発したが、ここに創立以来の念願を果すべく角川文庫を発刊する。これまで刊行されたあらゆる全集叢書文庫類の長所と短所とを検討し、古今東西の不朽の典籍を、良心的編集のもとに、廉価に、そして書架にふさわしい美本として、多くのひとびとに提供しようとする。しかし私たちは徒らに百科全書的な知識のジレッタントを作ることを目的とせず、あくまで祖国の文化に秩序と再建への道を示し、この文庫を角川書店の栄ある事業として、今後永久に継続発展せしめ、学芸と教養との殿堂として大成せんことを期したい。多くの読書子の愛情ある忠言と支持とによって、この希望と抱負とを完遂せしめられんことを願う。

一九四九年五月三日